U0938458

事證拾零

香港文學及其他

朱少璋——著

匯智出版

目錄

正編

附編

自序

一

本書收錄的各篇文章，要處理的，大致上是關乎評論的「上游」工作。

這些「上游」工作，説得具體些，是指以考掘、采輯、匯編、補遺、採訪、重組等方法，為文學、藝術或文化等專題蒐集材料，臚列事實；涉及觀點的評論成果其實並不多。

我在評論或研究過程中每每強調「事證」的功能。所謂「事證」，就是「以事證之」的意思，以客觀材料作為一種真實、確鑿、典型的事實論據，直接讓材料發揮證明的能力；啟發來自岑仲勉的〈補《白集源流》事證數則〉。「事證」是利用優質的客觀材料，據此或建立新説，或修正舊説，或補充成説；包含使用客觀事實論據進行論證的意思。「事證」的本質是「事實」，不是「理論」或「意見」。「事證」可以減少討論過程中的種種臆測或聯想。「事」，強調具體真實；「證」，強調可信合理。

目下各國各地的研究院，在文學評論的教學或指導上，大都着重對文本的論述與分析。以文學評論為主題的博士或碩士論文，其研究方向幾乎只接受賞析論述以及理論的套用或發揮。至於與文本直接相關的整理、溯源或鈎沉等工作，都漸漸給邊緣化，沒有得到應得的重視。評論或研究的起點，應該是整理、確認文本及論據：文本，須為「可信文本」；論據，須為「及格論據」。評論或研究，總離不開材料；材料齊備，事半功倍。好些包含對材料的蒐集、考證、整理與確認的「上游」工作，不起眼，卻非常重要。

二

書題中「事證」與「香港文學」，指本書正編內廿八篇以事證為主、與「香港文學」關係較密切的文章（兼涉小量語言、文化專題）。書中各篇文章處理的都只是小問題，故曰「拾零」。「其他」則指附編內六篇以事證為主、與「香港」關係較間接但主題仍不離「文學」的文章。

各篇文章在初刊時為配合不同刊物的稿例，或採用論文格式，或採用非論文格式；今重輯成書保留文章原來格式，不求統一。各文初刊時配合不同刊物的讀者對象，行文風格有學術性較強的，也有較大眾化的；今重輯成書，也不求統一。

本書收錄的文章，除〈〈慶清平〉的譜式、詞牌及用字〉一篇外，其餘文章都曾分別發表在《聲韻詩刊》、《百家文學雜誌》、《城市文藝》、《香港文學》、《明報》、《明報月刊》、《明藝》、《方圓》、《字花》、《新亞生活》、《風雅傳承》；感謝各編輯垂青，刊用拙文。此外，本書部分文章在寫作過程中，參考並得益於「香港文學資料庫」（網上搜尋系統）甚多——前人種樹，後人乘涼——謹此説明，並深致謝意。

三

2021 年我在「藝術評論」範疇獲香港藝術發展局頒授「藝術家年獎」，不故作矯飾而撫心自問，是高興的。説來有趣：我多年來在「香港文學推廣平台」負責籌辦文獎活動，也算得上是文獎活動的作俑者之一，是以既深知獎項之本質縱然虛妄，亦深知獎項自有其實在而具體的作用。獎項最大又最重要的作用，正是給受獎人士一點安慰與支持。箇中要傳遞的信息大概是：「別放棄，繼續努力。」謹以本書作為對「受獎」的一點回應。箇中要回應的信息大概是：「沒有放棄，仍然努力。」

2024 年 7 月
序於東樓

正編

再論「香港第一本新詩集」

老問題新探討

文學界或學術界對「香港第一本新詩集」素有爭議，鄭政恆在2015年8月12日《明報》發表〈香港第一本新詩集之謎〉(以下簡稱「鄭文」)，對這個有趣而重要的老問題作了進一步的梳理。而筆者重新討論這個老問題，即在「鄭文」的基礎上進行補充論證，把問題重置於「香港文學」的框架內討論，期望把這個老問題討論得更精確一點。

「鄭文」在各種不同意見的基礎上，作了有條理的說明及較周密的討論。「鄭文」否定了羅西的《墳歌》、李聖華的《和諧集》、侯汝華的《海上謠》、林英強的《聰馬驅集》及馬蔭隱的《航》作為「香港第一本新詩集」的可能；結論是：廣義而言，袁水拍的《人民》於1940年出版，是香港第一本新詩集，理由是袁水拍是南來詩人，在香港創作和發表作品，詩集中有至少一首詩作關於香港，雖然他居於香港的時間只有幾年，但廣義來看，《人民》可算香港新詩集；狹義而言，劉火子的《不死的榮譽》於1940年出版，是香港第一本新詩集，理由是劉火子在香港出生，三十年代開始在香港寫作，毫無疑問是香港詩人，《不死的榮譽》是香港新詩集。

其實，「香港第一本新詩集」這句話起碼有三個意思，以下先做好説明，再作討論：

1. 第一本非香港作家在香港出版的新詩集
2. 第一本香港作家在香港以外出版的新詩集
3. 第一本香港作家在香港出版的新詩集

符合第一種意思的新詩集，與「香港文學」的關係不大；成書於 1928 年羅西的《墳歌》就屬於這一類。羅西並不是香港作家，「鄭文」也清楚説明，《墳歌》只是「第一本在香港出版的新詩集」。若在「香港文學」的框架內開展合理的討論，符合第二或第三種意思的新詩集才具研究意義，也更為對焦。「鄭文」提及的《人民》和《不死的榮譽》兩部新詩集，都符合第二或第三種意思：都屬於「香港文學」的討論範疇。

袁水拍是南來寄居於香港的詩人（1938 年至 1942 年居港），而劉火子是土生土長的香港詩人，二人應該都算是香港作家（詩人），最起碼《香港文學大系》詩歌卷都選錄了袁、劉兩位詩人的詩作（如袁水拍〈梯形的石屎山街〉、劉火子的〈都市的午景〉），再結合二人居港的事實，説二人都是香港作家，説法合乎客觀事實。餘下來要弄清楚的問題，就是《人民》和《不死的榮譽》兩本新詩集的出版地點和出版日期。

袁水拍《人民》的出版信息

「鄭文」提供與《人民》有關的出版信息有：「1940 年」、「新詩社出版」以及「出版月份及地點不詳」。如果出版地點不詳，就不能肯定《人民》是否在香港出版，問題就不容易講得清楚。比如「中國作家網」的「現代作家辭典」內「袁水拍」的辭條下，就有「《人民》(詩集)1940，上海新詩社」的記錄，若《人民》真的在上海出版，那麼《人民》只能算是香港作家在上海出版的新詩集，而並非「香港作家在香港出版的新詩集」。筆者在1948年1月1日的《大公報》(重慶版)找到一份「作家及其作品特輯」，特輯中有袁水拍談《人民》的資料，可以據之以證明《人民》的出版地點。這特輯由二十位作家執筆撰寫與書有關的回憶。特輯的編者說：

> 這特輯是集合二十位作家對編者詢問函的賜答而成的，排列以收到的先後為序，發出的詢問函包含下面三個問題：「①我的第一本書是什麼？②它是怎樣出版的？③我的下一本書是什麼？」

而特輯中有一篇由袁水拍親自執筆的「成書回憶」，可以有力而具體地清楚交代《人民》這本詩集的出版過程。袁氏談及《人民》時，回應了編輯提出的第一、第二道問題，而且回應得頗為詳細：

> ①《人民》，一本詩集
>
> ② 這些詩是在1938-39年左右寫的，由香港新詩社出版。當時因為香港印書價錢貴，而且印得很壞，主持新詩社的戴望舒先生是很講究版式的(新詩社的精裝本用米色道林紙印，硬面皮脊燙金)，所以想法把稿子送到上海排印。剛好那時友人郁風由港赴滬，就託她代辦。

據這段袁氏的回憶可知，《人民》這部詩集雖在上海排印，但出版單位卻是在香港由戴望舒主持的新詩社，因此，說《人民》這部詩集在香港出版，是有理有據的事實。至於此詩集的發行，袁氏也有補充說明：

> 因為上海不能發行此書，印好的書再麻煩他們運到香港發售，後來桂林也寄了些去賣，銷路很壞，這是很慚愧的。香港淪陷以後，餘下的書自然也丟光了。

這些由當事人提供的珍貴回憶，對了解詩集的出版、排印、發行以及銷量，都極具參考價值。袁氏在《大公報》撰寫這些「成書回憶」，距詩集出版雖已有八年之久，但其回憶的片段詳細而準確，十分可信。比如他在文章談及《人民》的封面設計，就十分詳盡：

> (……) 剛好那時友人郁風由港赴滬，就託她代辦。那書的封面也是她設計繪製的。除了「人民」兩個字外，還有一幅四個農民的頭像，記得這是她到大埔去作的速寫，後來這幅畫又登在《文藝陣地》上做插繪。我特別記得這些，是為了這幅速寫上沒有簽名字，在書的目錄頁上也沒有註明這是誰的作品，在「後記」中也沒有提起此事道一聲謝，很覺抱歉，後來看見「文陣」登了這畫，且加上畫者的名字，很覺釋然。

筆者據此追尋，果然在 1940 年《文藝陣地》第 4 卷第 11 期找到了郁風的畫作，印證了袁氏的回憶準確可信（參看圖 1、圖 2）。袁氏為《大公報》撰文之時，正好與當年新詩社的負責人戴望舒重遇：

> 這次戴望舒先生從香港到這裏來，蒙他特地把一副紙版帶給我，雖則經過一場戰爭，感謝他還是把它保存得好好的。

引文中提及的戴望舒以及那副《人民》的「紙版」，正是袁水拍撰寫「成書回憶」的人證與物證。

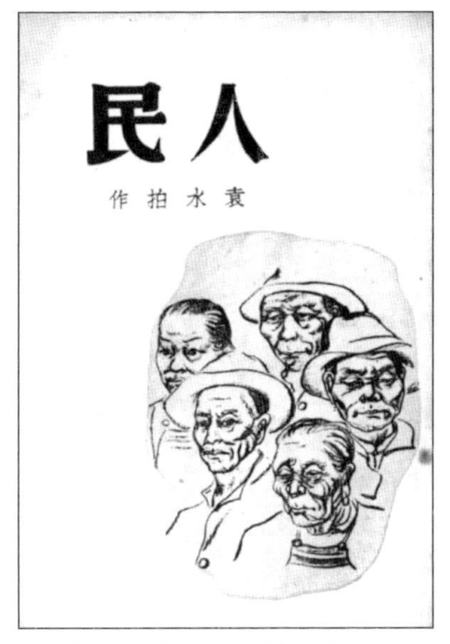

圖 1：詩集《人民》的封面

圖 2：《文藝陣地》

那麼，《人民》又到底在何年何月出版呢？《袁水拍研究資料》（韓麗梅編）把《人民》列為 1940 年 1 月出版的詩集，筆者則按 1940 年 6 月 30 日《大公報・文藝綜合》（871 期）上一篇由夏將曙撰寫的書介為考量的起點（參看圖 3），雖保守而較合理、穩妥的推測，《人民》乃於 1940 年 6 月 30 日前出版。

本節結論是：《人民》是香港詩人袁水拍在香港出版的新詩集，出版日期不遲於 1940 年 6 月 30 日。

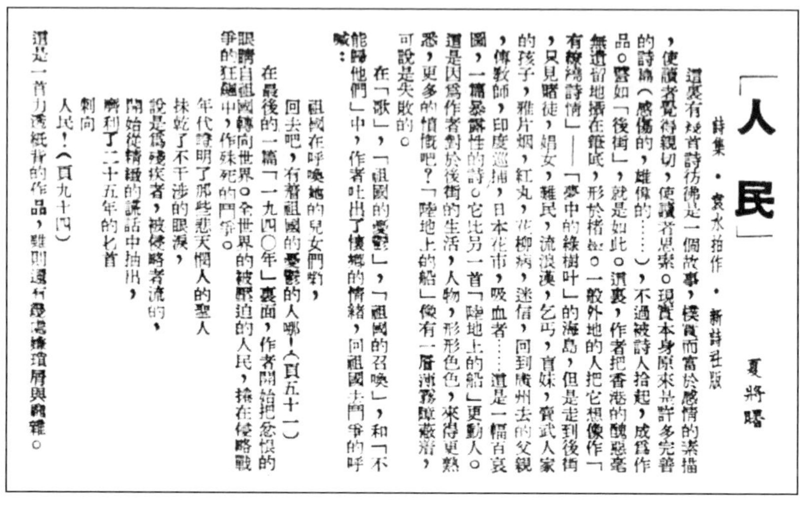

「人民」

詩集・袁水拍作・新詩社版

夏將曙

這裏有幾首詩彷彿是一個故事，樸實而富於感情的素描，使讀者覺得親切，使讀者思索。現實本身原來是許多完善的詩篇（感傷的，雄偉的……），不過被詩人拾起，成爲作品。譬如「後街」，就是如此。這裏，作者把香港的醜惡毫無遺留地擺在紙底，形於楮墨。一般外地的人把它想像作「有線綠詩情」——「夢中的綠樹叶」的海島，但是走到後街，只見賭徒，娼女，難民，流浪漢，乞丐，盲妹，賣武人家的孩子，雅片烟，紅丸，花柳病，迷信，回到廣州去的父親，傳敎師，印度巡捕，日本花市，吸血者……這是一幅百哀圖，一篇暴露性的詩。它比另一首「陸地上的船」更動人。這是因爲作者對於後街的生活，人物，形形色色，來得更熟悉，更多的憤慨吧？「陸地上的船」像有一層薄霧障蔽着，可說是失敗的。

在「歌」，「祖國的憂鬱」，「祖國的召喚」，和「不能歸他們」中，作者吐出了懷鄉的情緒，向祖國去鬥爭的呼喊：

祖國在呼喚她的兒女們的，
回去吧，有着祖國的憂鬱的人哪！（頁五十一）

在最後的一篇「一九四〇年」裏面，作者開始把忿恨的眼睛自祖國轉向世界。全世界的被壓迫的人民，捲在侵略戰爭的狂飆中，作殊死的鬥爭。

年代證明了那些悲天憫人的聖人
抹乾了不干涉的眼淚，
說是傷殘疾者，被侵略者流的，
開始從精緻的謊話中抽出，
瞬利了二十五年的匕首
刺向
人民！（頁九十四）

這是一首力透紙背的作品，雖則還有幾處纖瑣屑與蕪雜。

圖 3：1940 年 6 月 30 日《大公報・文藝綜合》（871 期）

劉火子《不死的榮譽》的出版信息

劉火子的《不死的榮譽》是微光出版社「黎明叢書」甲輯之第二種。討論的首個重點是：「微光出版社」到底是否在香港？參看《不死的榮譽》原書複印件，卷首「微光出版社出版」下，有「桂林掛號郵箱一六八號」及「香港大道中洛興行二樓」兩條與出版地點有關的重要信息（參看圖 4）；與同期由微光出版社出版的「黎明叢書」甲輯之第一種艾青《土地集》的出版信息相同。到底微光出版社在桂林呢？還是在香港呢？

劉福春在〈艾青詩集敘錄〉中轉引劉火子 1984 年 12 月 14 日給他的信，就提及香港的微光出版社：「當時日本侵略軍攻佔漢口，大部分文化人南移香港，原在桂林八路軍、《新華日報》辦

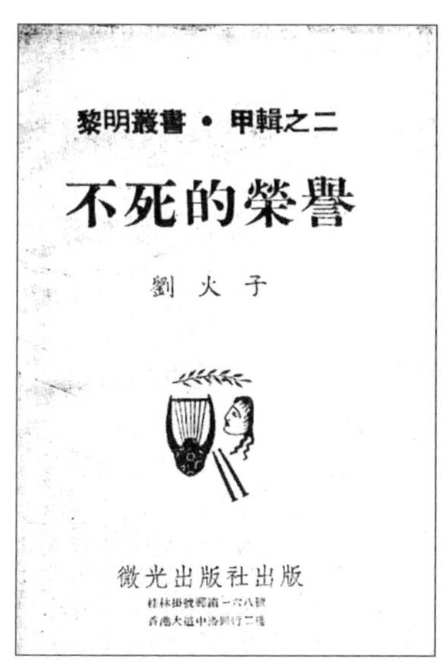

圖 4：《不死的榮譽》（香港大學藏）

事處工作的酈達芳『亦從桂林到香港，與我合辦微光出版社，他任經理，我任編輯，主編黎明叢書，先後出版了艾青的詩、散文合集《土地集》和我的詩集《不死的榮譽》。』」陳子善在 2013 年 12 月 8 日的《明報》上撰文討論《土地集》，也曾論及微光出版社的所在地。陳氏的看法是：

> 扉頁署：「微光出版社出版桂林掛號郵箱一六八號香港大道中洛興行二樓」，版權頁則署「民國二十九年十二月初版 1-2000」（……）之所以如此難得，推測其原因恐在於《土地集》是在香港出版的。所謂「桂林掛號郵箱一六八號」很可能只是虛設，「香港大道中洛興行二樓」才是真正的出版地，以至出版後因漫天戰火而未能進入內地流通。

陳氏推測「微光」是香港的出版社，若以此為據，則同樣由「微光」出版的《不死的榮譽》，也應該在香港出版。

筆者據此翻查報刊材料，卻另有發現。查 1940 年 12 月 13 日《大公報》(香港版)，刊登了《不死的榮譽》的「出版消息」(參看圖 5)，內容如下：

> 《不死的榮譽》
>
> 詩人劉火子抗戰以來，曾兩度深入戰地搜集各方素材，滲入其作品之中。近年所成詩作為數甚夥，散見國內外報紙雜誌，極得讀者好評。最近詩人收集其得意之作計共二十二首，都千餘行，合成一冊，題名「不死的榮譽」，由桂林微光出版社出版。最近該書已運抵本港，即日交由各大書店發賣。訂裝異常精美。又該書為黎明叢書之第二種，第一種為艾青之《土地集》，亦可於日內運抵本港云。

「桂林微光出版社出版」一句清楚交代了出版社的所在地——在桂林，不在香港。據此，《不死的榮譽》是在桂林出版後，再運

出版消息

「不死的榮譽」詩人劉火子抗戰以來，曾兩度深入戰地搜集各方素材，滲入其作品之中○近年所成詩作爲數甚夥，散見國內外報紙雜誌，極得讀者好評○最近詩人收集其得意之作計共二十二首，都千餘行，合成一册，題名「不死的榮譽」，由桂林微光出版社出版○最近該書已運抵本港，即日交由各大書店發賣○訂裝異常精美○又該書爲黎明叢書之第二種，第一種爲艾青之「土地集」，亦可於日內運抵本港云○

圖 5：1940 年 12 月 13 日《大公報》(香港版)

抵香港出售的。那是說，《不死的榮譽》雖然是香港詩人劉火子的詩集，卻並非在香港出版。《大公報》這條材料兼及叢書中的另一種作品《土地集》，「亦可於日內運抵本港」一句，同時說明艾青的《土地集》也確實在桂林出版。查 1941 年 1 月 19 日《大公報》(香港版)，有短文談及兩種「運抵本港」的「黎明叢書」:

> 《土地集》
> 最近崛起之微光出版社，持純正之宗旨，與嚴正之態度，供應目前一般需求，陸續出版新書。除日前已運抵本港發售之《不死的榮譽》而外，現又運到艾青新作《土地集》，內容包括詩與散文，均為稱心之作。查艾青以散文結集公世者以此為首，其散文結構、命題及意境與其詩作，並皆佳妙。法國式裝幀，定價低廉。又該社繼續出版者有夏衍、戴望舒等名作家作品。

我們互參以上兩條摘自《大公報》的材料，對微光出版社，以及《不死的榮譽》的出版情況，當有更具體的了解。

至於《不死的榮譽》到底在何年何月出版呢？據 1940 年 12 月 13 日《大公報》(香港版)《不死的榮譽》的「出版消息」，當中既有「最近該書已運抵本港，即日交由各大書店發賣」的話，保守而較合理、穩妥的推測，《不死的榮譽》應在 1940 年 12 月出版。

本節結論是：《不死的榮譽》是香港詩人劉火子於 1940 年 12 月出版的新詩集，出版地點應在桂林。

千里尋龍暫結穴

綜合上述對《人民》及《不死的榮譽》的分析，結論是：《人民》出版先於《不死的榮譽》；《人民》在香港出版，《不死的榮譽》則很可能在桂林出版。退幾步説，即使讀者傾向相信微光出版社在香港的説法，但從出版的客觀時序上而言，《人民》出版確早於《不死的榮譽》。

「《人民》是第一本香港作家在香港出版的新詩集」，也許都不能説是「定論」，因為他日還有可能發現新材料，新材料或會推翻、更新這個説法。但本文起碼已進一步整理、糾正及總結了前人對此問題的紛紜看法，並為相關的討論畫下了客觀而具體的關限。研究者如對此專題感興趣，不妨以《人民》及《不死的榮譽》為討論起點，繼續尋溯、考掘，倘能發現出版先於《人民》或《不死的榮譽》的「合資格」新詩集，筆者樂見。

按：

1. 本文發表於《聲韻詩刊》2019 年 3 月第 45-46 期合刊，經修訂後輯入本書。文章原題有「事證尋源」四字，今刪。
2. 許定銘購藏《不死的榮譽》影印本，他在〈劉火子的《榮譽》〉中説：「據説《不死的榮譽》因戰亂已不傳世，唯一的孤本是黃谷柳戰時購自內地某小鎮地攤，戰後贈詩人劉火子的自用本，如今在他女兒劉麗北手中，並影印了一份贈馮平山圖書館珍藏。我得的這冊，應是圖書館的再複印本（……）。」（《大公報》，2012 年 6 月 5 日）

李聖華〈雜感〉及佚作〈琴碎了〉

廣東作家得新文學風氣之先

李聖華的《和諧集》原書重現並在香港重印，即引起相關的討論。李聖華給評為「南方版塊詩人中，最早得新詩風氣之先」(關夢南《和諧集》(重印本) 序)。葉輝、關夢南、王晉光及吳美筠均有文章論及李氏的作品及生平行誼。各論者的文章介紹了這位成長於新文化運動初期、原籍廣州、曾寓居香港的牧師作家。

發表活動或創作業績有待發掘

成書於三十年代的《和諧集》，收李聖華的作品上起 1922 年，下至 1930 年。《和諧集》裏的各個作品中，以作於 1922 年的新詩最為論者所重視。吳美筠在〈從尋找香港最早的新詩説起〉中強調「集中最早的作品與出版白話詩集《嘗試集》的出版時間只差距兩年，為新詩草創期作品」。吳氏在〈李聖華及其《和諧集》考述〉中也強調：「可見此詩集有助判斷二、三十年代粵穗一帶早已見新詩發展痕跡，補充廣東省五四詩的空缺。」關夢南在〈重印《和諧集》序〉中也極關注李聖華在二十年代的新詩創作：「那麼李聖華寫詩於 1922 年或更早，可說是南方版塊詩人中，最早得新詩風氣之先了。」葉輝在〈一本上世紀 20 年代的香港新詩〉

中亦以《和諧集》為例，說明省港區域在二十年代已經出現與中國同時同步的新詩。

如果說，約成書於三十年代的《和諧集》是研究李聖華的關鍵作品，那麼，追尋考察李氏在三十年代前的發表活動或創作業績，對了解《和諧集》的寫作背景、出版背景，當有幫助。

1923 年在《小說月報》發表的〈雜感〉

查《和諧集》的第一首作品是新詩〈晚禱〉。筆者翻查材料，發現這首備受研究者重視的「卷首之作」，原來初刊於 1923 年 8 月的《小說月報》上，詩題卻是〈雜感〉（原詩直排）：

主啊！寬恕我吧！
當暗黝危懼的深夜臨到時，
　　我說：「主啊！我交托我整個靈魂給你保守，」
太陽剛出，
　　我從你握中奪回我的靈魂，
　　却一聲不道謝。

李聖華在《小說月報》上發表的〈雜感〉透析出兩個重要的信息。首先，這詩在編入《和諧集》之時，較明顯的改動除了「却」「卻」的異體字選用外，尚有兩項值得注意：題目由〈雜感〉改為〈晚禱〉、「握」字改為「手」。把詩題改訂為〈晚禱〉是把詩題及內容扣得更緊密，詩就顯得更為「切題」，宗教氣息也更濃烈。而句中的「握」字在入集時改訂為「手」，則更見自然順當，「握中」一詞較兀突，「手中」則平白而明暢。這兩個改動足證詩人在自編作品時的「優化」考慮，值得研究者重視。其二，1923年1月，鄭振鐸接任《小說月報》主編。他接手編務後即銳意革新，以進一步擴大這份刊物的影響。鄭氏主編的《小說月報》提倡「介紹世界文學、整理中國舊文學、創造新文學」的宗旨。李聖華的處女詩作適逢其會，適時地發表在這刊物上，可以看出李氏這首小詩是具水平的作品，這首小詩看來也符合當時《小說月報》「創造新文學」的宗旨。

1925年在《文學旬刊》上發表〈琴碎了〉

李聖華在1925年4月13日的《文學旬刊》上發表的〈琴碎了〉，並沒有編進他自編的《和諧集》之中，成了「集外」佚文。〈琴碎了〉有情有事，結構完整，當可視為一篇白話小說。全文約近三千字，份量不輕。

〈琴碎了〉透析出三個重要的信息。首先，〈琴碎了〉的發表展現了李聖華在新詩、小品創作以外的另一創作風貌與成就；李氏可謂才兼詩文與小說。其二，這作品可以視為新文學運動初期南方版塊作家中白話小說的試筆之作，值得研究者重視。其三，這作品語言的詩化傾向、帶濃厚宗教意趣的特色，均與李氏《和諧集》的寫作風格相類近。凡此種種，對研究李氏創作的風格，都甚有參考價值。

輯補李聖華在新文學運動初期的白話作品，特具文學史意義與研究價值。〈琴碎了〉是李聖華二十年代佚作鉤沉工作中特具文學史意義與研究價值的成果。《和諧集》是李聖華自編作品集，選輯的作品上起1922年下迄1930年，而這篇未入集的佚作正好是同時期的作品，值得研究者的重視。

李聖華佚作〈琴碎了〉語言的詩化傾向、帶濃厚宗教意趣的特色，均與李氏《和諧集》的寫作風格相類近；凡此種種，對研究李氏創作的風格，都甚有參考價值。小說中加插的詩歌部分，若獨立地作分析，可以用作比較《和諧集》中的某些詩作。例如〈琴碎了〉近末的部分有一節歌詞：

> 宇宙的靈啊，你是偉大，你是無邊美的宇宙，是你的軀體：
> 穹蒼是你的面孔，
> 星兒是你的眼睛，
> 大地是你的肚腹，海洋是你的胸懷，
> 高山是你的竣乳。
> 宇宙的靈啊，我是微小，
> 我只求你托於麗華的蒨形
> 顯現在我的面前。
> 處女深湛的愛情
> 只從小小的眼睛傾瀉，
> 所以，求偉大的你，托於她的蒨形
> 顯現在我的面前，
> 我將問她以生的幽玄，死的秘密
>
> (按：「蒨形」疑是「倩影」。)

歌詞中的遣詞、意象、情韻都值得注意，句中那些巧麗的用語、女性化的喻象、優美婉約的氣息及充滿宗教哲思味道的特色，都與《和諧集》的好些作品相類相近；運筆與修辭風格貫徹而一致。

這篇運筆與修辭風格均與《和諧集》相類近的作品，為何最終沒有收進李氏自編的《和諧集》中？箇中原因也許要待相關材料更齊備時才可以作出論斷。若單以作品的篇幅與內容情節為據，初步作合理推測，則〈琴碎了〉被擯於集外似乎又不是全無道理。先就篇幅而言，〈琴碎了〉約近三千字，篇幅較長；對比起《和諧集》中的小詩與大部分精巧篇幅的小品，實在顯得格格不入。再就作品內容情節而言，〈琴碎了〉主要講「和哥」（故事開首稱「維耀」）拿着手琴到山火後的山頭找愛人「麗華」的墓，可惜遍尋不獲——「尋不見你的墳墓了！你的靈魂遷徙到那裏呢？」和哥在山間回憶因病逝世的麗華，還在山頭展讀她的遺書，他在高歌後手琴跌碎在石上——「他的琴弦忽然中絕，他恐懼極了，把琴跌碎於石上」。可見〈琴碎了〉是一篇充滿悲情的作品，而作品又涉及一些對大自然循環與生存矛盾的質疑。再看黃石在〈《和諧集》的意味〉（此文原是李聖華要求黃氏為初版《和諧集》寫的序文）中說「這本詩集給我的第一個深刻的印象，便是一種朦朧，幽微的美感，輕盈隱約的幻象，清淡宜人的美味」；可見〈琴碎了〉與《和諧集》的「和諧」主調（或主題）不太吻合——也許就是這個原因，〈琴碎了〉就被擯於集外。

〈琴碎了〉雖被擯於集外，但作品的藝術水平實在不低。作者在敍述主線中加入插敍，並利用回憶片段與絕筆書的內容巧妙地拼砌、交代出前因後果，片段具跳躍感，而且虛實相生，過去與現在時空交錯甚具立體感。小說中也不乏細緻的描寫，充分展現小說中應有的肌理；看作者如何寫「麗華」的病容：

> 我看見你瘦得很。因常曝曬在日光下的原故，你的面龐變作赭黑色，而且生着如鱗的小刺。你的眼窩深入去，你沒有淚可流，如有，那些漣漣的必注積在牠們裏面（……）。

用詞準確而且設喻具體，運筆細緻，值得欣賞。據「麗華」在遺書中說，故事中的「和哥」是「研究宗教的」；讀者不難看到故事的情節及主題，都罩着一圈又一圈宗教哲理的光環，特別是一些忽然而來、不帶答案的提問、反問、質問，都有發人深省、引人深思的效果，如：

> 穹蒼呵，為什麼你啞啞的泣哭，你的胸中永遠空着麼？
> 大地呵，為什麼你永遠的甘睡着，沒有人思念你麼？

關夢南在重印本《和諧集》的序言中說集內的散文和小說「都帶有濃厚的抒情、想像，與跳躍的色彩，所以，又可視為散文詩與詩化的小說」。《和諧集》是李聖華自編作品集，選輯的作品上起1922年下迄1930年，而這篇未入集的〈琴碎了〉（1925年）正好是同時期而又非常「詩化」的作品，又以其主調並不「和諧」，在《和諧集》以外別樹一幟，實在值得研究者的重視。

利用材料看事實真相

李聖華在二十年代先後於上海的重點文學刊物上發表〈雜感〉和〈琴碎了〉的事實，可以證明以下兩項：其一，真實而直接地反映出當時年紀輕輕（20至22歲）的李聖華是滿有文學創作天分與活力的。其二，葉輝在〈一本上世紀20年代的香港新詩〉中「然則他(李聖華)身處南方邊陲，作品顯然沒有公開發表」的看法未符事實；至於吳美筠提出《和諧集》不受到注意的原因是「極可能與作者沒有在上海等大城市發表作品有關」(〈李聖華及其《和諧集》考述〉)的假設也未能成立。反而換個角度，從李氏個人的低調作風來看，也許更有助了解《和諧集》未受關注的原因。

李聖華是頗低調的作家，在現時可見的訪問及談話記錄中，都不見他提及個人的發表活動與創作業績。即使是與李聖華熟稔的香港前輩詩人李育中也不知《和諧集》在三十年代出版的事(關夢南〈李聖華與香港的第一本詩集〉)。文學創作這回事在中年過後的李聖華心目中也許只是「出其餘事」，但雖云無心插柳，他卻在新文學史上着了鮮明而重要的先鞭。

按：

本文乃綜合〈李聖華佚作〈琴碎了〉析述〉及〈李聖華餘事作文人〉二文，再略作修訂而成。〈李聖華佚作〈琴碎了〉析述〉，載《百家文學雜誌》2013年2月第24期；〈李聖華餘事作文人〉，載《城市文藝》2013年10月第67期。

李聖華譯介愛倫坡詩

李聖華譯介愛倫坡詩作比顧謙吉早

據曹明倫〈愛倫坡作品在中國的譯介〉所提供的資料，美國著名作家愛倫坡（Edgar Allan Poe, 1809-1849）小說的中譯始於1905年周作人的《玉蟲緣》（即《金甲蟲》），而愛倫坡詩歌的中譯則始於顧謙吉1925年9月發表在《學衡》上的〈鵬鳥吟〉（即名篇〈烏鴉〉）。

事實上，愛倫坡名篇"Annabel Lee"中譯的發表日期比顧譯的"The Raven"（〈烏鴉〉）還要早。筆者在1925年廣州《協和學報》第四號上發現李聖華中譯的"Annabel Lee"，題為「安瀾波・李」。學報在1925年6月出版，李譯的發表日期比顧譯要早三個月。原籍廣州的李聖華給評為「南方版塊詩人中，最早得新詩風氣之先」（關夢南《和諧集》（重印本）序），在譯介愛倫坡詩歌這回事上，李聖華同樣得風氣之先。

李譯"Annabel Lee"之意義

談到愛倫坡的詩作名篇，除了〈烏鴉〉之外，他的名作"Annabel Lee"也實在值得重視。辜鴻銘在〈沒有文化的美國人〉（"Uncivilized United States"，1921年6月12日的《紐約時報》）

中對 "Annabel Lee" 的評價非常高：「Indeed, as I have said, the only poem I know written by an American poet which can truly be called a real poem and can therefore become the spiritual asset of a nation, is Edgar Allan Poe's "Annabel Lee".」意思大概是：愛倫坡的 "Annabel Lee" 是美國唯一可稱為詩的作品。

"Annabel Lee" 是著名的悼亡詩，作於 1849 年，是愛倫坡追思亡妻之作。這首詩被認為是愛倫坡抒情詩的傑作，更是愛倫坡「絕筆」之作；作品份量之重、地位之高，可以想見。李聖華在譯介愛倫坡詩作時能佔據要津；"Annabel Lee" 的譯介意義可謂重要而深刻。

李聖華中譯 "Annabel Lee"

李聖華與顧謙吉先後迻譯了愛倫坡的詩作。顧譯 "The Raven" 是採用「離騷體」——「悲長夜兮淒切，耿不寐兮愁結。溯往事兮如焚，方思亂兮神滅」——近似胡適在 1914 年譯〈哀希臘〉的筆調，古味盎然。反觀李聖華早在 1923 年的《小說月報》上發表新詩〈雜感〉，對新詩創作已有一定經驗，他迻譯 "Annabel Lee" 就採用了新詩體，近似胡適 1919 年譯〈關不住了！〉的筆調，譯筆頗具時代氣息：

李聖華中譯〈安瀰波・李〉
"Annabel Lee" by Edgar Allan Poe

這是許多許多年前，
在那海邊的皇國裏，
一位姑娘那裏住，她，你或知道，

名叫做安灦波・李；
這個姑娘，伴她度日的沒有別的念頭，
除了愛，和被愛於我。

It was many and many a year ago,
In a kingdom by the sea,
That a maiden there lived whom you may know
By the name of ANNABEL LEE;
And this maiden she lived with no other thought
Than to love and be loved by me.

•

在那海邊的皇國裏，
我是個孩兒，她是個孩兒，
但我們相愛以一種愛情，那是比愛情尤深的愛情，
我和我的安灦波・李——
以一種愛情，那天上的天使
都貪慕她和我：

I was a child and she was a child,
In this kingdom by the sea;
But we loved with a love that was more than love-
I and my Annabel Lee;
With a love that the winged seraphs in heaven
Coveted her and me.

•

這是個原因，許久以前，
在那海邊的皇國裏，
一陣風從雲裏吹出，
寒傷我美麗的安灦波・李；
所以她的貴戚來臨，
帶她離開我，
幽閉她在個墳墓內，
在那海邊的皇國裏，

And this was the reason that, long ago,
In this kingdom by the sea,
A wind blew out of a cloud, chilling
My beautiful Annabel Lee;
So that her highborn kinsmen came
And bore her away from me,

To shut her up in a sepulchre
In this kingdom by the sea.

•

那些天使，在天上沒有一半這樣喜歡
老是嫉妒我和她，
是的！那是
夜間風從雲裏吹出來，
寒傷又殺害我美麗的
安瀰波・李的原因（如眾人所知，在那海邊的皇國裏。）

The angels, not half so happy in heaven,
Went envying her and me-
Yes!- that was the reason（as all men know,
In this kingdom by the sea）
That the wind came out of the cloud by night,
Chilling and killing my Annabel Lee.

•

但我們的愛情是格外的強健，
比較那些老過我們，
聰明過我們的人的愛情；
既非天上的天使：
也非海中的魍魎
能夠從美麗的，安瀰波・李的靈魂
隔開我的靈魂。

But our love it was stronger by far than the love
Of those who were older than we-
Of many far wiser than we-
And neither the angels in heaven above,
Nor the demons down under the sea,
Can ever dissever my soul from the soul
Of the beautiful Annabel Lee.

•

因為那個月亮沒有一次照耀
不帶我夢見
那美麗的安瀰波・李，
而且，那些星宿沒有一次上升，
除非我感覺安瀰波・李光明的眼睛，
所以，全個晚汐，我睡下
貼近我愛——我愛——我的生命，我的新婦

在海邊的墳裏，
在她的墓裏，近着澎湃的海邊。

For the moon never beams, without bringing me dreams
Of the beautiful Annabel Lee;
And the stars never rise, but I feel the bright eyes
Of the beautiful Annabel Lee;
And so, all the night-tide, I lie down by the side
Of my darling- my darling- my life and my bride,
In her sepulchre there by the sea,
In her tomb by the sounding sea.

筆者按：第16行「寒傷」原文作「傷寒」，疑誤。互參下文作「寒傷」，同樣是譯自「chilling」一詞。筆者斟酌詩意詞意，統一修訂為「寒傷」。第33行原文是「沒有有一次照耀」，與下文比對，似多了一個「有」字，故刪去。第41行「墳裏」原文作「裏墳」，筆者按詞意修訂。第42行「裏」原文作「裡」，筆者按上下文統一修訂。

王愛國在〈淺析並欣賞愛倫・坡的詩歌 "Annabel Lee"〉中說這個作品「純潔，完美，極富想像力。貫穿全詩的是憂傷，悲憤和無盡的愛戀。詩人用詞獨特，以講述神話的形式將讀者帶到一個在時間和空間上都很遙遠的美妙世界」；其評論大致不差。而李譯大致上保留了原作的情味，氣氛與感情基調與原作不即不離。以下試以四個中譯本作對比，淺析李氏譯本的一些特色。用以對比的四個中譯本分別為：

譯者	詩題	發表年份	刊物名稱	下文引用簡稱
斁　之	安娜蓓李	1926年	《黎明》第34期	斁譯本
杜　衡	安娜白麗	1931年	《心音》第1期	杜譯本
曾今可	安立布麗	1931年	《讀書俱樂部》第1期	曾譯本
洪　普	安娜波・李	1943年	《詩》第6期	洪譯本

李譯本的遣詞特點

王愛國提到的「純潔」氣氛應該與詩作的童話基調有密切關係。陳彥蓁在〈顛覆性童話之圖畫書研究〉以《三隻小狼和大壞豬》為例，提出傳統童話故事的標準用詞乃由「很久很久以前，有……」展開；看原詩「It was many and many a year ago,/ In a kingdom by the sea」純然是說童話故事的語調口吻，加上運用了複疊的技巧，童真氣息更為明顯；以下看看幾個譯本在譯筆上的異同：

李譯本：「這是許多許多年前，/ 在那海邊的皇國裏」
斆譯本：「是許多許多的年前 / 傍着蒼茫的海邊 / 在某王國中有個少女」
杜譯本：「這是在許久，許久年前，/ 在一個海濱的國裏」
曾譯本：「好些年好些年以前，/ 有一個王國在海的中央」
洪譯本：「許多年以前，/ 在一個海邊的王國裏」

除了洪譯本外，各譯本均巧妙地保留了原詩的複疊句式，有效地在開篇處透析出童話、童真氣息。至於把「kingdom」譯為「皇國」或「王國」，就更容易讓讀者聯想到傳統童話的「國王」、「公主」或「王子」，天真與純真氣氛就更為濃厚；杜譯本只單用一個「國」字就顯得平板而單調了。再看斆、曾兩個譯本都有增意譯詞的問題：「蒼茫的」和「海的中央」都與原意有出入。幾個譯本中，只有李譯本能兼顧童話故事的標準用詞、語調和句意詞意。

此外，原詩中的「the winged seraphs in heaven」和「angels」，幾個中譯本都有些分別：

譯本	中譯 the winged seraphs in heaven	中譯 angels
李譯本	天使	天使
斅譯本	生翼的仙女	仙女
杜譯本	生羽翼的天仙	神仙
曾譯本	火神	安琪兒
洪譯本	天使	安琪兒

各譯本只有李譯本前後一致地譯作「天使」，值得注意。第四節的「angels」説的是第二節的「winged seraphs」；按「the winged seraphs」見於舊約《以賽亞書》，和合本翻作「撒拉弗」，指的是長三對翅膀的天使。李氏主攻神學又篤信基督，對「撒拉弗」當有認識。但若以音譯「撒拉弗」直接入詩，就一定要加上注釋，一般讀者才能明白「撒拉弗」是「天使」的一種。李氏直接把「撒拉弗」歸納在「天使」名義之下，是用上層概念用語統攝下層用語的手法。當然，把「撒拉弗」譯作「長着翅膀的天使」似乎是合理、可行的譯法，值得重譯者思考。再看其餘四個譯本，卻都未如人意：斅譯本的「仙女」加入了不必要的性別判斷。杜譯本的「天仙」「神仙」太中國化失掉了異國情調。曾譯本的「火神」是由「seraph」所含「熾天使」之意而轉譯，卻容易令中國讀者負遷移到「火神祝融」上去。洪譯本則「天使」與「安琪兒」雜用，前用意譯後用音譯，效果反不如李譯本採用統一意譯。

李譯本的句式特點

我們不妨再看一些句式調動的例子。原詩第二節首二行是

「I was a child and she was a child,/ In this kingdom by the sea」。原詩的次序，結構上看來是平行地呼應第一及第三節的第二行「In this（a）kingdom by the sea」。細看第二節首兩行其實是倒裝句式，這又分明是要利用倒置句子的方法來遷就押韻（原詩第二節是在雙數句押韻：sea、Lee、me）。所有譯本都依原詩詩句的次序翻譯，但下接第三句「But we loved with（……）」意思轉折就顯得不順暢。斅譯本就是直接硬譯作：「我是個兒童她也是個兒童，/ 在那傍海的王國中；/ 可是我倆的愛戀（……）」。而杜、曾、洪三個譯本則不約而同地迴避了第三行的「But」，割裂了上下文的氣脈。李譯本卻把第二節首兩句的次序互調，譯成：「在那海邊的皇國裏，/ 我是個孩兒，她是個孩兒」，如此一來在呼應一、三節的結構效果上是弱了些；但上下句的氣脈就給理順了，下接「但我們相愛以一種愛情（……）」，意思連貫合理得多。至於原詩押韻的意圖呢？李譯本巧妙地把「child」譯為「孩兒」，利用「兒」（yi）字押第四行的「李」（li）字，同時滿足了意思與音韻上的需要。

此外，原詩的第四節第三第四行有一處分行括號插白：「（as all men know,/ In this kingdom by the sea）」，杜、曾譯本的處理手法是不用括號，直接把插白改訂為正文的一部分：「正為了這人人知道的緣由（……）」（杜譯）；「是的，這是大家都知道的」（曾譯）。斅、洪譯本則採用直譯，不作改動。李譯本則把這組插白移調到最後，優點是不讓分行插白打斷文氣，清楚而一氣呵成地交代了天使嫉妒是妻子死亡的原因。

餘論

當然，李譯本並非全無缺點。例如李氏把「chilling」譯作「寒傷」就流於過分古雅（語出楊炯〈戰城南〉:「凍水寒傷馬，悲風愁殺人」），反不如杜譯本的「凍壞」。又李譯本把「the demons down under the sea」譯作「海中的魍魎」也不盡準確，因為「魍魎」是山川中的木石精怪，詞的本義與「海」無關。斅譯本作「幽靈」、杜譯本作「妖厲」、曾譯本與洪譯本作「魔鬼」，反見妥貼。此外，原文第二、四節出現的「her and me」，李譯本前作「她和我」後作「我和她」，譯筆亦未一致。

總體而言，李聖華的〈安瀰波・李〉頗能完整地展示原作的意趣與意蘊，詩的氣氛也很濃，值得研究者重視。至於李聖華在新文學運動初期譯介美國浪漫主義作家愛倫坡名篇的事實，當可為類似「新文學運動與浪漫主義」的課題提供具體而有力的論據，並對研究李聖華其人其詩有着重要的啟發。

按：

1. 本文發表於《城市文藝》2014 年 8 月第 72 期，經修訂後輯入本書。原題有副題「兼談“Annabel Lee”幾個早期中譯本」，今刪。
2. 蒙吳君沛先生提供白立平的〈梁實秋在清華學校的翻譯活動〉（《明報月刊》2022 年 5 月號），乃知梁氏在 1921 年 8 月 21 日《晨報》第七版發表譯詩〈安娜白麗〉（“Annabel Lee”的中譯）。

黃石、李聖華與
《和諧集》的「民俗」因緣

黃石為《和諧集》寫序

李聖華的《和諧集》重現於世，讓讀者重新注意詩人李聖華之同時，也特別關注為《和諧集》寫序的黃石。黃石為《和諧集》寫的序文名為〈《和諧集》的意味〉(1930)。李聖華的兒子李華斌在接受關夢南訪問時，說並不認識黃氏，只知黃氏「從事翻譯工作」、是李聖華「培英的同事」(關夢南〈訪李華斌・談李聖華〉)。許定銘在〈被遺忘的民俗學家黃石〉中縷述黃石的生平：黃石是廣東人，原名黃華節，筆名黃石、養初，著名民俗學家、翻譯家。1923年前後曾到暹羅，1924至1928年在廣州白鶴洞協和神科大學隨校長龔約翰博士(Dr. John S. Kunkle)研究宗教史，並著有《神話研究》。

讀者也許會感到奇怪，李聖華為何會請黃石為《和諧集》寫序文呢？誠如黃石在序文中說「我不是文學作家，也不是批評家」，黃氏一再強調李氏邀請他為《和諧集》寫序的原因是「我是他的朋友」，而黃氏之所以答應寫序，也是因為「我是他的朋友」(見《和諧集》)。

黃石非學術與感性的一面

事實上，黃氏在序文中說自己「不是文學作家」可以看成是傳統文人自謙之詞，他雖不以文學創作而名於世，但執筆寫一些非學術性的文章，一樣很感性而滿有文學趣味。以下舉一個例子作說明：黃氏在 1928 年的《新女性》上發表了〈為歡迎我的小天使作〉，文章講的是黃氏初為人父的心情與感受。文中援引了一些外國作品，知性和感性交錯，趣味盎然。黃氏談到小女兒突然掙出娘胎，說「一半在意中，一半在意外」、「一則以喜，一則以懼」，都寫得十分傳神活潑，筆法有條有理。互參他為《和諧集》寫的序文，當中談及李氏的詩作有「朦朧幽微」及「雅歌味」的特點，實在是知音人語，語語中的。黃氏又在文中談及為女兒起名字的事，他最終採用「連姓法」命名，為女兒起名「黃梅雨」，原因是父親姓「黃」、母親的名字有「梅」字、懷胎時正是初夏「黃梅雨」時節。上舉的例子可以說明黃氏是滿有文藝觸覺的人。黃氏的妻子在 1929 年去世，黃氏即顏其居處曰「悼梅草舍」，其文藝思想與感性思維，可見一斑。

民俗研究是李黃二人的共同興趣

除了上述的原因，李聖華在 1930 年請黃氏這位感性而具寫作能力的朋友為《和諧集》撰序，恐怕與「民俗研究」不無關係。眾所周知，黃石是民俗學家，早在三十年代前，黃氏就已經公開發表了不少詳盡而重要的民俗學專題文章，據筆者初步統計即有近三十多篇。至於李聖華對民俗研究的興趣，則可以直接而明確地反映在他的〈觀世音菩薩之研究〉上。

李聖華的〈觀世音菩薩之研究〉長文，發表於 1929 年廣州《民俗》周刊的「神的專號」上，這篇長十九頁的研究文章主要析述觀音崇拜的歷史、相關傳說、觀音的性別及觀音在文學上的地位。黃石既於 1924 至 1928 年在廣州白鶴洞協和神科大學隨龔約翰研究宗教史，黃石於此時與李聖華相識是合情合理的推測，甚至可以說二人是「同道」或「同學」(李聖華於 1929 年畢業於廣州的協和神學院)。民俗專題論文〈觀世音菩薩之研究〉之發表，可證李黃二人在「民俗研究」上，是志同道合、志趣相投。有了這事實為背景，李聖華邀請黃石為 1930 年出版的《和諧集》撰序就變得更合情理了。

讀者也許會有這樣的疑問：《和諧集》畢竟是詩集，由一位民俗學「同道」寫序，是否有點奇怪呢？要理出箇中原因，恐怕先要對黃石三十年代前的民俗學研究有一定了解。黃石在 1930 年前的民俗學專題文章集中發表在《婦女雜誌》及《新女性》之上，這些民俗學專題文章，大都與「女性民俗文化」專題有關，如刊於《婦女雜誌》的有〈家族中的婦女〉、〈愛倫凱的母性教育論〉、〈婦女果不適於職業麼〉、〈婦女界的革命〉、〈婦女與文化〉、〈桃花女的傳說與民間的婚俗〉、〈接吻的意義及其起源〉、〈從掠奪婚姻到買賣婚姻的過渡〉、〈關於產育的迷信與風俗〉、〈接吻的種種式式〉、〈苗人的婚俗〉。刊於《新女性》的有〈廢娼運動〉、〈戀愛雜談〉、〈兩性與社會感情〉、〈同姓為什麼不可以結婚〉、〈親與子〉、〈性的「他不」〉、〈女子的拜金熱〉、〈娼妓制度的初形〉、〈關於性的迷信與風俗〉、〈貞操的起源〉、〈男女有別〉。有了這個背景，再看李聖華《和諧集》，以「女性」為主題或運用女性的意象（如婚姻、愛情、女神）正是《和諧集》的一大特色，如：〈美麗的新娘〉、〈遊戲吧〉、〈春園〉、〈頌歌之二〉、〈愛情的成熟〉、〈瞥視〉、〈失眠時的懇求〉、〈農村的新婦〉、〈詩神〉、〈修飾〉、〈伊問〉、〈愛情永在〉、〈我渴望見到你裸體〉。由此看來，《和諧集》由宗教背景相同、學業背景相類、研究專業相近的黃石撰寫序文，可謂不作第二人想。

民俗研究與《和諧集》的關係

李聖華 1929 年發表於《民俗》周刊上的〈觀世音菩薩之研究〉，在文末「簡短結論」中談到「觀音崇拜之貢獻」時，就提及「慈愛」、「拯救」和「美」。關於觀音崇拜在「美」方面的貢獻，李聖華的總結是：

> 我以為中國文學因缺少一點神話之意味而失去不少美麗。西洋神話的女神給文學以不少之美，而在中國則可云無此種神話（……）。

結語中的「神話」、「女神」和「美」三個關鍵詞，都值得關注——李聖華這一點點在民俗研究上的心得，大致上體現、實踐在翌年（1930）出版的《和諧集》中。

若按李聖華〈觀世音菩薩之研究〉中的結論作推想，那些具「神話」色彩、涉及「女神」的文學之「美」，其效果或成品理應近似《楚辭》的〈湘夫人〉或〈山鬼〉，但我們細讀《和諧集》的作品，卻不帶半點詭秘與魔幻，反而感到溫煦與熱情。這大概與李氏的宗教信仰有關：李聖華是虔誠的基督徒，作品中大部分的「神話」元素都給純化提煉，變成了信仰，更提升成為了「宗教」(基督教）元素，當中的慈愛、寬恕、愛護與愉悅都在「宗教」的催化下變成了作品的主調。關夢南認為「我們不難發現，李聖華詩歌內容的宗教元素」（〈重印《和諧集》序〉），葉輝則認為李氏的作品「潛藏了宗教情操」（〈一本上世紀20年代的香港新詩〉），吳美筠則曾撰論文〈五四時期粵港新詩與基督教——李聖華之《和諧集》初探〉，可見論者多由「宗教」角度切入分析李聖華的《和諧集》，賞析角度大抵不錯。至於李氏強調的「女神」，我們在〈詩神〉一詩中，還可以看到「女神」的蹤影：

她是活潑的，
往來無踪，
有如處女。
•
她是含羞的，
半推半就，
有如新婦。
•
她是靜默的，
温柔良順，
有如胎婦。
•
她是痛苦的，
輾轉反側，
有如產婦。
•

她是愉快的，
心甜似蜜，
有如母親。
•
詩神喲，
請入到我的心房，
我將使你成為愉快的母親。

作品中的「詩神」並不是湘夫人「目眇眇兮愁予」的形象，也不像李賀筆下「長眉凝綠幾千年」的貝宮夫人。李聖華筆下的女性化「詩神」有處女的活潑、新婦的含羞、孕婦的靜默、產婦的痛苦和母親的愉快，詩神的各方各面正好代表了詩歌創作過程中的不同階段及感受。反而冰心在 1921 年發表的〈詩的女神〉中的詩神就很有湘夫人與貝宮夫人的「特點」：

她在窗外悄悄的立着呢！
簾兒吹動了
窗內，
窗外，
在這一剎那頃，
忽地都成了無邊的靜寂。
•
看啊，
是這般的：
滿蘊着温柔，
微帶着憂愁，
欲語又停留。

•

夜已深了，
人已靜了，
屋裏只有花和我，
請進來罷！

•

只這般的凝立着麼？
量我怎配迎接你？
詩的女神啊！
還求你只這般的，
經過無數深思的人的窗外。

冰心筆下的詩神帶點神秘，幽幽寂寂的，與李聖華筆下的詩神截然不同，帶出的美感也截然不同——黃石在〈《和諧集》的意味〉中提及「幽微的美感」、「清淡宜人的美味」、「這是美，這是神奇的美」，也許是李聖華在民俗研究成果上的一抹折射。

「民俗」因緣

黃石、李聖華與《和諧集》，三者的關係若即若離，本文用「民俗」概念貫穿三者，發現黃李二人的交誼、李氏及其寫作風格，都與「民俗」結下不解之緣。這條名為「民俗」的線索或顯或隱，相信能為讀者提供理解《和諧集》的一些重要而有趣的角度。

按：

本文發表於《明藝》2016 年 1 月 25 日第 106 期，經修訂後輯入本書。

不能繞過的作家——侯汝華

早逝的優秀詩人

侯汝華，廣東梅縣人，二十世紀三十年代的重要作家，他的作品備受當世及後世推崇，同鄉著名詩人李金髮對侯氏特垂青眼，二人往來密切；評論者多以象徵派或現代派詩人視之。侯氏年青時肄業於廣東梅縣的東山中學，後執教鞭，曾在潮汕任教員，並從事文學創作及詩刊的編輯工作，1936 年在上海出版了個人詩集《海上謠》。傳聞中尚有《單峰駝》及《還鄉吟》兩種作品集，但原書未見。侯氏又曾與林英強、廖宗灝、劉果因、楊青萍、陳廉觀和黃偉強等文友於梅縣組織「七星燈」文社。侯氏體弱病肺，天不假年，1938 年 8 月病逝，死時年僅廿八歲。

後人對侯汝華的生平資料掌握不多，因此，透過作品去理解、回溯侯氏的人生與思想，是研究侯汝華的重要途徑。在上世紀三十年代的多種文藝刊物上，都可以具體地看到他發表過的作品，質和量都值得重視。他投稿積極，詩歌、散文和小說散見於香港、廣州、上海、南京、北京等地的詩刊雜誌，《現代》、《紅豆月刊》、《小雅》、《詩誌》、《橄欖月刊》、《婦女雜誌》、《六藝》、《文藝大路》、《新時代》等刊物都刊登過他的作品。

不能繞過的作家

侯汝華曾在香港的雜誌上（如《紅豆月刊》、《今日詩歌》）發表過作品，是以有讀者、研究者一度認為他曾在港生活，因而把他列為「香港詩人」；他的《海上謠》也因此一度名列香港早期新詩集的代表。只是侯氏到底有沒有到過香港？如有，又曾逗留多久？這些問題都尚待更多更有力的具體事實來作證明。2013年黃仲鳴在〈李育中逝世〉一文中轉述李育中的話，說「侯汝華都沒來過香港，為何稱之為香港作家」，由於李氏是香港文壇的早期作家，對三四十年代的香港文壇十分熟悉，他晚年講的這句話甚具份量，經黃仲鳴撰文轉述，影響所及，研究者傾向推翻前說。翻檢2014年出版、由陳智德選編的《香港文學大系1919-1949：新詩卷》，在「香港文學」的編輯前提下，已沒有收錄侯氏的詩作。當然，誠如關夢南在《香港新詩：七個早逝優秀詩人》中說：「廣義的香港詩人來自粵港，而粵港又與北京、上海、重慶、南京等新詩的重鎮互動（……）」，把侯氏列為「廣義的香港詩人」，也並非完全不合理。

事實上，無論侯汝華算不算是「香港作家」，他都絕對夠得上是中國現代文壇上一個「不能繞過」的作家，儘管在現階段專門研究他的人尚為數不多，相關的論著也少，但在不同年代都有重視他的作品的人，他的作品不單在港粵受到重視，即在港粵以外，同樣受到重視。他的作品每每見諸一些重要的新詩選本，如《現代詩鈔》（1943）、《戰前的中國新詩》（1944）、《新詩三十年》（1973）、《現代中國詩選》（1974）、《中國新文學大系1927-37詩集》（1984）、《現代派詩選》（1986）、《中國現代十大流派詩選》

（1989）、《早期香港新文學作品選》（1998）、《詩潮》的〈侯汝華小輯〉（2002）、《三、四〇年代香港詩選》（2003）及《香港新詩：七個早逝優秀詩人》（2012），其創作中的小量精品，只賴各選本始得以流傳。

《海上生明月》輯存侯氏詩文

說與侯汝華相關的研究或論述尚不多見，講的確是客觀事實，究其原因，與「材料」的整理不無關係。

侯汝華投稿積極，他的作品散見於三十多種詩刊雜誌，卻尚未經有系統的蒐集和整理，殊為可惜。又好些舊刊物如《小雅》、《時代筆語》，都不易得見，要遇上期數完整、品相適合閱讀的原刊原書更要講緣分，這都為作品整理的工作增加了不少難度。而侯氏生前出版的唯一一部著作《海上謠》亦已絕版多時，誠如黃仲鳴說：「這部出版於1936年的詩集，論者多知其名，迄未得睹，也不知其內容如何。」（〈水手的絕唱——追跡侯汝華的《海上謠》〉）此書稀珍難遇，可以想見。至於小量保存在不同選本內的作品，不單止數量小，且都以選錄詩歌為主；侯氏的散文及小說，一向都較少人注意，更遑論整理或研究。

要深入了解一個作家，掌握、細讀其作品是必須的，沒有對作品作有系統的整理，就不可能對作家展開深入的研究。有見及此，筆者多年前即着手蒐集、整理侯氏的作品，合輯成集，希望為喜愛侯汝華的讀者或研究者提供一點方便，也希望有關侯汝華的研究可以因此而順利開展，研究者能客觀、全面地研究侯汝華的文學成就。《海上生明月——侯汝華詩文輯存》，就是基於這理念而編成的。書中收錄的作品，主要采輯、過錄自上世紀的詩刊雜誌，在筆者所能觸能見的範圍內盡力爬梳蒐集侯氏的作品，並就個人蒐集所得，釐為四卷：卷一為詩歌，卷二為散文，卷三為小說，卷四為附錄。這批材料，對研究侯汝華肯定有很大的幫助；而書中有兩個異常矚目的「亮點」，值得讀者注意：

亮點一：《海上謠》

《海上謠》，上海時代圖書公司出版，是1936年侯氏在世時出版的詩集。此書絕版多時，讀者、研究者或藏書人士咸以能一睹原書為快，唯傳世畢竟數量太少，僅存珍本已成為收藏人士的秘籍，絕不輕易示人。筆者在計劃編訂侯汝華作品集之初，遇上最大的困難就是未能讀到《海上謠》的原書；倘無法將此書編采入集，肯定是侯集的一大遺憾。余龍傑先生在復旦大學進修期間，我曾託請他幫忙打聽《海上謠》的下落，余先生果然在上海為我找到了《海上謠》，如此筆者才有機會讀到這冊珍貴的詩集，並成功把《海上謠》的作品編采入集，公諸於世。

亮點二：《時代筆語》

1935年10月在香港創刊的《時代筆語》(時代風景社出版)又是另一個非常珍貴又非常難找的材料。這雜誌曾於2012年在北京上拍，可惜當時沒留意，未能參拍，失諸交臂，拍品成交後也下落不明，亦無由借閱。

我在編訂侯集的後期，曾向小思老師請教編訂詩文集的心得，老師看過我開列的材料清單後，即賜示《時代筆語》上侯汝華的小説〈妻〉，還慨允讓我把這篇罕見珍貴的作品及雜誌的書影編入侯集，讓材料公開。

有待考掘更多材料

《海上生明月——侯汝華詩文輯存》以張九齡名句「海上生明月」為名，主要因為張九齡和侯汝華都是廣東人，復因「海上」二字，容易令人聯想到侯氏名作《海上謠》，唐代詩句移用作千禧年代的書題，望月懷遠，亦頗具文藝意趣。

至於副題「侯汝華詩文輯存」，「輯存」一詞實在並沒有「全」的意思，這是做過材料整理工作的朋友都能明白、理解和體諒的。編者往往受制於各種客觀因素，比如刊物有殘破、漶漫、缺期的情況，又或者好些刊物尚沒有找到，這都是編者不能控制而又最無可奈何的。比如我在 1933 年 3 月 10 日天津的《大公報》上讀到有關「北國文藝社」的報道——与小田隆一的〈民国期の天津における新文学結社とその活動〉（2005）也曾談及這個組織——報道說這組織在《導報》「每星期出了一個不滿三千字的週刊」，而侯汝華就是這刊物的撰稿人之一。這份同人刊物後來更名為《北國文學週報》（1933 年 4 月 1 日創刊），《益世報》1933 年 3 月 5 日也有這刊物的「出版消息」，估計這批刊物中應該刊登過若干侯汝華的作品，可惜在此書付梓前尚未能讀到這批材料。一切遺憾，都只好等待機緣，再作補訂。又前文提及《時代筆語》的創刊號，這份珍貴的創刊號的末頁有一段「本刊下期編目預告」，同時提供了一些重要的信息：「預告」中有侯汝華的〈冬〉（體裁未詳）和〈我的詩譚〉兩個作品的名目，「預告」還聲明「附作者照片」。這是多麼重要的材料！期待這一期尚未出土的《時代筆語》有朝一日能重現，讀者就可以讀到侯氏的詩歌理論，也同時可以一睹他的盧山真貌了。此外，據吳心海轉述侯瑛的話，說侯家的長輩尚存有小量侯氏與李金髮、戴望舒等人的來往書信，只是長輩們認為暫時不宜公開這些材料；如此一來——這點點遺憾，亦只好等待機緣，再作補訂。至於客觀分析則有待研究新文學的學者專家進行全面的論證，但個人始終相信，侯汝華及其作品，無論在哪一個年代，都是有品味、有識力的讀者所「不能繞過」的。

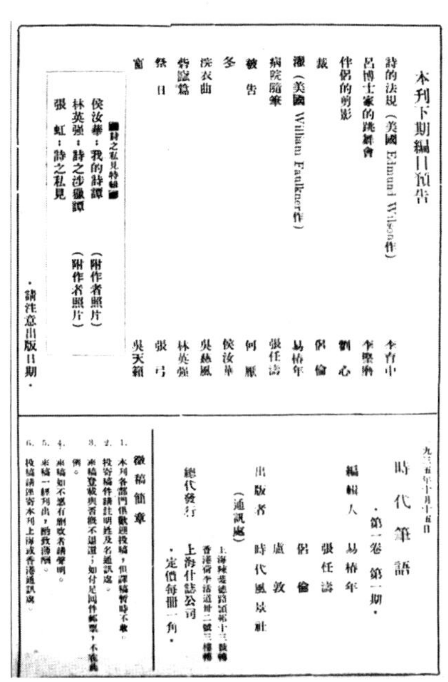
本刊下期編目預告

詩的法規（美國Edmund Wilson作） 李育中
呂博士家的跳舞會 李[illegible]
伴侶的剪影 劉心
蕻 侶倫
潮（美國William Faulkner作） 易椿年
病院隨筆 張任濤
被告 何厭
多 侯汝華
浣衣曲 吳赫風
[illegible]謠篇 林英強
祭日 張弓
窗 吳天籟

詩之私見特輯
侯汝華：我的詩譚（附作者照片）
林英強：詩之涉獵譚（附作者照片）
張虹：詩之私見

·請注意出版日期·

一九三五年十月十五日
時代筆語 ·第一卷 第一期·
編輯人 易椿年 張任濤 侶倫 盧敦
出版者 時代風景社
（通訊處）上海辣斐德路[illegible]十三號轉 香港荷李活道卅二號三樓轉
總代發行 上海什誌公司
·定價每冊一角·

徵稿簡章
1. 本刊各部門俱歡迎投稿，但譯稿暫時不收。
2. 投寄稿件請註明姓及名通訊處。
3. 來稿登載與否概不退還；如付足回件郵票，不在此例。
4. 來稿如不願有刪改者請聲明。
5. 來稿一經刊出，酌致薄酬。
6. 投稿請逕寄本刊上海或香港通訊處。

《時代筆語》末頁

（小思老師藏品。蒙老師允許轉載，特此鳴謝。）

按：

1. 本文發表於《明藝》，2017 年 12 月 25 日，經修訂後輯入本書。
2. 朱少璋編校：《海上生明月——侯汝華詩文輯存》（香港：匯智出版，2018）。

《海上生明月——侯汝華詩文輯存》的「據本」意義

一

研究總離不開材料，材料齊備，研究就事半功倍。

顧頡剛為《史學季刊》寫的發刊詞有這樣的一番話：「然歷史哲學家每以急於尋得結論，不耐細心稽察，隨手掇拾，成其體系，所言雖極絢華，而一旦依據之材料忽被歷史科學家所推倒，則其全部理論亦遂如空中之蜃閣，沙上之重樓，幻滅於倏忽之間，不將歎徒勞乎！」可見材料是論述分析的基礎。材料欠穩妥，多好的分析方法都是徒然。文學研究也不例外，王瑤在〈關於現代文學研究工作的隨想〉中就說過：「在古典文學的研究中，我們有一套大家所熟知的整理和鑒別文獻材料的學問，版本、目錄、辨偽、輯佚，都是研究者必須掌握或進行的工作；其實這些工作在現代文學的研究中同樣存在，不過還沒有引起人們應有的重視罷了。」王瑤說的那個「現代」也同時適用於今時今日的「現代」。與文學材料有關的版本、目錄、辨偽、輯佚等重要工作，到今天，似乎還未能成為現當代文學研究中的「顯學」。

二

要了解一個作家，掌握、細讀其作品是必須的，沒有對作品作有系統的整理，就不可能對作家展開深入的研究。而匯編以供研究者使用的文獻材料，最終成品應是「據本」而並非「讀本」。

「據本」與「讀本」無高下之別，但對象不同且功能各異，不宜混淆。「讀本」的對象是一般讀者，「讀本」編者的責任是為讀者提供與主題相關的作品，不必求全，也容許間接引用，起碼在版本上要求較為寬鬆，能滿足一般讀者的閱讀要求便可。但「據本」的對象則是研究者，是研究者引用的依據。「據本」編者應較全面地搜羅與主題相關的作品，對版本要有嚴格的要求，比如對材料來源交代要詳細要清楚，一切對研究者有參考價值的文本信息都要整理及保留。

劉增傑在〈論文獻薄弱的四個因素〉中說得極其到位，他以二十世紀中國現代文學研究為例，道出了好些到今天還存在的問題，他說：「（……）使用史料時粗枝大葉，張冠李戴，史實訛誤；不重視觸摸、鑒別原始資源，輕率地使用第二手資料（……）在作家選集、文集、全集編輯過程中，不加說明就任意刪改原作，造成了如魯迅所說妄行校改的災難性後果。」劉氏的一番話，在在涉及「據本」的素質、引用等關鍵問題；據本編者或研究者，都應重視。

三

侯汝華，廣東梅縣人，是二十世紀三十年代的重要作家，作品備受當世及後世推崇，同鄉著名詩人李金髮對侯氏特垂青眼，二人往來密切；評論者多以象徵派或現代派詩人視之。侯汝華曾在香港的雜誌（如《紅豆月刊》、《今日詩歌》、《時代筆語》）上發表過作品，是以讀者、研究者一度認為他曾在港生活，因而把他列為「香港詩人」，他的《海上謠》也因此一度名列香港早期新詩集的代表。

像侯汝華如此重要的作家，其作品多年來散落各處，無人整理。他生前出版的唯一一部詩集《海上謠》（1936）亦幾近絕版，僅存珍本成為收藏人士的秘籍，絕不輕易示人；莫說是一般讀者，就是研究者也難得一讀。侯氏創作中的小量精品，過去只賴若干選本，得以流傳，如：《現代詩鈔》（1943）、《戰前的中國新詩》（1944）、《新詩三十年》（1973）、《現代中國詩選》（1974）、《中國新文學大系 1927-37 詩集》（1984）、《現代派詩選》（1986）、《中國現代十大流派詩選》（1989）、《早期香港新文學作品選》（1998）、《詩潮》的〈侯汝華小輯〉（2002）、《三、四〇年代香港詩選》（2003）及《香港新詩：七個早逝優秀詩人》（2012）。

《海上生明月》（2018）出版之目的，正是為研究者提供較完整而高素質的「據本」。此書采輯、過錄自上世紀的詩刊雜誌，在能觸能見的範圍內爬梳蒐集侯汝華的作品，均以初刊文本為主，並就蒐集所得，釐為詩、文、小說及附錄共四卷。此書在材料展示上具備了「據本」應有的「亮點」：詩歌卷收錄了絕版多時的初版《海上謠》，小說卷則收錄了小思老師珍藏的《時代筆語》上罕見的小說作品。在編訂原則上，此書亦處處強調「據本」的特色，大凡原稿中能反映原作者寫作風格或時代特色的用語，諸如譯名、異體字、專有名詞、行業術語、縮略語、隱語及方言，盡量予以保留，不以現行的規範標準統一修改。書中詩歌卷的編訂工作尤盡可能不干擾、不改動原作，因為新詩在排版上、格式上、用字上或依特殊的藝術原則，是以書中刊錄的詩歌材料，原則上盡量保留原詩的措辭用字，如「荔支」不改作「荔枝」、「酸痛」不改作「痠痛」、「爛熳」不改作「爛漫」、「煖流」不改作「暖流」。又分行、間距、標點、署年，俱依原文。又保留原詩用字疑誤者，另以校記標出，方便研究者參考判斷。為方便研究者翻檢、記錄和表述，書中所有作品均在題目前附加序列編號。

四

《海上生明月——侯汝華詩文輯存》在侯汝華逝世八十周年成書，這不僅僅是侯汝華研究專題的階段成果，更是此書編者為「現當代文學據本整理工作」奉上的一瓣心香。期待更多有能力、有興趣的人士加入據本整理工作的行列，添磚增瓦也好，為人作嫁也好，都算是學術研究上的一點功德。

按：

本文發表於《聲韻詩刊》2018 年 5 月第 41 期，經修訂後輯入本書。

侶倫「故人之思」事證

一

侶倫（1911-1988）曾在〈故人之思〉及〈故人之思續筆〉談及與葉靈鳳（1905-1975）、郭林鳳（1911?-1937）在香港相聚的往事，由於侶倫在香港接待過「雙鳳」，是當事人，回憶片段尤為真實、珍貴。

〈故人之思〉〈故人之思續筆〉兩文，分別初刊於1980年5月23日及5月31日的《大公報》；[1] 兩篇文章經修訂後輯入1985年香港三聯書店出版的《向水屋筆語》。[2] 這兩篇「故人之思」有兩項重要信息，研究者向來重視：其一是文章交代了葉靈鳳首次到香港的年份；其二是文章直接記錄了郭林鳳的一些生平片段。過去不少人誤以為葉氏在抗日戰爭爆發後才南下香港，侶倫的回憶在這方面提供了新信息；而郭林鳳既是作家又是葉氏首任妻子，但有關她的生平材料一向不多，侶倫的回憶保留了若干郭氏生平片段，記錄了她的音容笑貌所思所感，彌足珍貴。不過，兩篇初刊於《大公報》的「故人之思」都寫於1980年，半世紀之後，種

---

1 即在香港出版發行的《大公報》，下同，不另說明；若是上海出版發行的《大公報》，則加限定修飾作「上海《大公報》」。

2 《向水屋筆語》（香港：三聯書店香港分店，1985），頁128-136。

種回憶也許有點模糊，是以文中提及的某些年份、片段，或有商榷、補充的餘地。

本文擬就侶倫在兩篇「故人之思」中提供的三項回憶作分析、補充，過程盡量參考早期或近源材料，包括侶倫的散文〈紅茶〉(1933)，發表於《十日談》的一封公開信(1934)，以及三十年代的舊報。

二

1985年出版成書的《向水屋筆語》，收錄兩篇初刊於《大公報》的「故人之思」，無論在年份上或內容、文句上，都做過若干改訂。[3] 以下據兩篇「故人之思」，兼及報章、書籍兩個版本的異同，先為讀者綜合重組侶倫回憶中三項與「雙鳳」有關的片段：

1. 郭家命案：

   郭林鳳在上海的家人遭家傭殺害，凶案轟動一時。侶倫說凶案發生後，葉靈鳳打算陪妻子郭林鳳回她的老家廣西處理家事，二人乃由上海首次南下香港；侶倫臆測葉氏也許藉香港之行沖淡妻子傷心的情緒。〈故人之思續筆〉初刊稿說郭家命案發生在「1929年左右」，《向水屋筆語》則改訂為「1928年左右」。

2. 葉氏夫婦首次到香港：

   葉氏夫婦在香港得侶倫接待，三人相處了一個月，相聚甚歡。〈故人之思〉初刊稿提供葉氏夫婦首次到港的年份是「1930年

3 盧瑋鑾早在1988年提出，報紙初刊版本與後來出版成書的《向水屋筆語》在年份交代上有差異；詳參盧瑋鑾：〈侶倫早期小說初探〉，《八方文藝叢刊》第9輯(1988年6月)，注釋第30條。

夏季」，《向水屋筆語》則改訂為「1929年夏季」。

3. 侶倫與郭林鳳在港再次見面：

葉氏夫婦離港後沒有按原定計劃去廣西，而是重返上海。若干年後郭氏才回廣西老家，再到香港時曾與侶倫見面；而是次南下香港只有郭林鳳一人，葉靈鳳並未同行。郭林鳳隻身回鄉，〈故人之思續筆〉初刊稿和《向水屋筆語》都說「兩年後」；那是說，按報紙初刊稿提供的年份順推應是「1932年」，按《向水屋筆語》提供的年份順推則是「1931年」。

三

侶倫兩篇「故人之思」提及與「雙鳳」在港相聚的細節頗見詳細，舉凡同遊地點或聊天對話的內容，都相當具體；但文中提及的相關年份，則報紙初刊版本、書籍版本的說法有同有異，莫衷一是。侶倫回憶中的三個年份以及相關事情，關係密切，而涉及葉靈鳳到底何年首次到香港，尤為研究者關注，是以極有澄清之必要。

首先，郭家命案發生的確實年份，證諸客觀事實，報紙初刊版本或書籍版本都不對：既非1928年亦非1929年。郭家命案實發生於1930年4月，與命案相關的詳細報道，見1930年4月26日的《申報》。[4]郭廷以（1904-1975）《中華民國史事日誌》

4 1930年4月26日《申報》報道郭家命案，提供案發的日期和時分是4月25日凌晨2時。再查1930年5月1日上海《大公報》則說命案發生於4月24日深宵，5月10日上海《大公報》說命案發生於4月24日夜；說法與《申報》接近。查1930年的《湖南民政刊

1930年日誌有「上海公共租界郭椿森家七口被盜殺」的記錄，[5] 紀年與事實相符。郭椿森（1877-1950）就是郭林鳳的父親。凶案發生時郭椿森因病住院留醫，郭林鳳婚後亦與丈夫同住；父女因而逃過一劫。

其次，葉氏夫婦首次到香港的年份，應是1930年夏季，報紙上的初刊版本是對的。《向水屋筆語》誤改為「1929年夏季」，則郭家命案尚未發生；如此侶倫說1929年葉氏藉香港之行為妻子沖淡傷心情緒的說法，無由成立。有趣的是，葉靈鳳首次來港的年份就連葉氏本人也不太清楚。1952年3月25日葉氏在九龍城國際茶室與柳木下（1914-1998）、侶倫聚舊，當天日記說：

> 當年（日記原注：1925年前後）我曾在這裏住過幾個月，侶倫就是在這時認識的。[6]

盧瑋鑾（1939-）在箋語中訂正葉氏提供的年份，認為葉氏的說法與侶倫的說法不同，難以核實，「唯似以1929年為是」；論據

要》第13期、《浙江民政日刊》第136期、《江蘇省政府公報》第452期，三種刊物上的緝兇通告都說命案發生在4月25日夜；說法與報章報道不同。參考《申報》的詳細報道：「……郭之長孫蘇生，年方六歲，至昨日（筆者按：即4月25日）清早七時許，由後門出外，鄰人一見，知為郭家小主，何以清早獨身出外，遂即阻其去路，不意蘇生立時大哭，謂我家之人都死，鄰右聞而色變，人則愈聚愈眾，斯時適對鄰至德里房東何宅保鑣一聞郭孫之言，立偕鄰右數人同往……。」緝兇通告上的案發日期時分或有誤。

5 郭廷以編：《中華民國史事日誌》（臺北：中央研究院近代史研究所，1979）日誌1930年4月25日欄。

6 見葉靈鳳著，盧瑋鑾策劃／箋，張詠梅注釋：《葉靈鳳日記》（香港：三聯書店（香港）有限公司，2020）上冊，頁256。

是葉氏 1967 年 3 月 15 日的日記：「我還是在 1930 年前後第一次南來（……）。」[7] 在這基礎上，我們不妨參考侶倫寫於三十年代的散文〈紅茶〉，此文以紅茶為主線，貫串起故人、往事和舊情。侶倫在文章中一再強調與「雙鳳」在港歡聚的時光是一個不能忘記的夏季，文中有作者（侶倫）與「雙鳳」在港相聚的回憶片段，回憶文字中還間接提供了三人在港相聚的年份：

> 三年了，在紅茶的聯想中，這新的交誼也佔了一個鮮明的小景，我不曾忘記辣椒和醬油的憶念，但他們還記得紅茶的生活沒有呢？[8]

據原文文末題記，〈紅茶〉寫於 1933 年初秋，[9] 作者下筆追懷三年前的舊事可說記憶猶新。我們以題記的年份為追溯起點，並以文中「三年了」一句上溯時序，同時以「雙鳳」在郭家命案發生後才到香港為前提，綜合考慮，則葉靈鳳夫婦首次到港，該是 1930 年夏季的事。

此外，侶倫與郭林鳳在港再次會面，兩個版本的〈故人之思續筆〉都說「郭林鳳終於在兩年後回廣西去，這一次葉靈鳳沒有

---

7 盧瑋鑾箋語見《葉靈鳳日記》上冊，頁 256。但盧瑋鑾早年有不同看法：1988 年她曾根據葉靈鳳在〈回憶《幻洲》及其他〉的說法，認為《現代小說》在 1930 年被禁停刊後葉氏才離開上海南下香港。相關說法見盧瑋鑾〈侶倫早期小說初探〉注釋第 30 條。

8 〈紅茶〉初刊於《小齒輪》第 1 卷第 1 期（1933 年 10 月），後收入散文集《紅茶》（香港：島上社，1935）；以上兩個版本筆者未能讀到，本文引用乃轉引自許定銘編：《侶倫卷》（香港：天地圖書，2014），引文在頁 289。引文中「辣椒」是郭林鳳，「醬油」是葉靈鳳，「紅茶」是侶倫。

9 〈紅茶〉文末有作者題記：「紀念亡友一齋，1933 年初秋」。

同行（……）在她道經香港的時候，我同她見了一面」。兩人到底有否在1932年見面，暫時未能確定，[10] 但二人曾在1934年見面，則可以肯定。查1934年《十日談》第45期的「文壇畫虎錄」刊登黃文牒的〈兩男二女〉，[11] 黃氏語帶嘲諷，說在九龍城海濱看見侶倫與郭氏把臂而行，字裏行間暗示二人在香港單獨相處事涉男女私情。同年12月，侶倫在《十日談》第48期親撰公開信直接回應此事，認為接待來港的朋友絕無不妥。侶倫在公開信中說，郭氏到香港住在他的家，是葉靈鳳提議的。那是說，侶倫曾與郭氏在1934年會面；是次葉靈鳳沒有同行。

四

侶倫的「故人之思」在輯入《向水屋筆語》時，作者既把《大公報》初刊稿的「1930年夏季」誤改為「1929年夏季」；又為了前後呼應，復把〈故人之思續筆〉初刊稿上的「卻沒有人知道他（筆者按：指葉靈鳳，下同）在多年前已經到過香港（……）」，

---

10 假設郭林鳳在1930年離港的兩年後回廣西老家是事實，但在同一年（1932年）與侶倫在港會面則頗有商榷餘地：侶倫寫於1933年初秋的〈紅茶〉，只提及三年前良朋歡聚一月後的依依之情，卻完全沒有提及分別「兩年後」曾與郭氏在港再次會面的事——如此看來，侶倫與郭氏在港再次見面，也許不在1933年之前。這當然只是初步估計，未能完全確定。例如侶倫在〈故人之思〉說郭氏回上海後來信說「怎能有第二次呢」，這封信寫於1933年之前的機會極高，但相關信息也沒有在1933年的〈紅茶〉中提及。〈紅茶〉中有關「雙鳳」的回憶只集中交代三人首次相聚的片段，如此安排或經作者剪裁取捨。

11 黃文牒的文章題目在《十日談》的目錄上是「兩男兩女」，正文題目則是「兩男二女」。

誤改為「卻沒有人知道他在1929年已經到過香港（……）」。這錯誤的年份一經坐實並成書出版，書籍流布所及，影響極大：自此但凡提及葉靈鳳首次到香港的年份，大都直接據侶倫在《向水屋筆語》的回憶而定調。[12] 本文嘗試以一些早期或近源材料為事證，訂正相關信息；材料經還原重組，結論是：1930年4月24日晚（或25日凌晨）郭家發生命案，是年夏季葉靈鳳偕妻子郭林鳳到香港，得在港的侶倫接待，歡聚一月後，依依惜別；兩年後（1932年）郭氏離開上海回廣西老家；三年後（1933年）的秋天，侶倫在〈紅茶〉一文中追憶「雙鳳」首次到港的往事；翌年（1934年）隻身到港的郭林鳳住在侶倫家，並因而引來一些閒言閒語，侶倫發公開信予以澄清。至於1932年侶倫與郭氏到底有否在港見面？暫時限於材料未足，姑置之存疑，以待高明。

侶倫與郭林鳳的關係撲朔迷離，因而引起好事者（如黃文牒）諸多忖測。事實上，侶倫的妹夫江河（1916-2006）也曾在〈林風與林鳳〉一文中談及這段關係。江河說，侶倫與郭林鳳相識於葉氏夫婦首次訪港之時，後來郭林鳳與丈夫發生意見，獨自離開

12 古遠清〈侶倫《向水屋筆語》的史料價值〉認為侶倫此書史料珍貴，討論舉證過程中就曾以「葉靈鳳第一次到香港的時間和目的」為例；古遠清文章見《文學評論》第14期（2011年）。據《向水屋筆語》而說葉靈鳳1929年首次到港的作品如（非窮舉）：（1）柳蘇（羅孚）：〈鳳兮鳳兮葉靈鳳〉，載《博益月刊》第10期（1988年6月）；（2）許定銘：〈侶倫的第一本書《紅茶》〉，載《文學評論》第11期（2010年12月）；（3）方光（方寬烈）：〈葉靈鳳年譜簡編〉，載《文學評論》第17期（2011年12月）；（4）陳智德：《地文誌：追憶香港地方與文學》（臺北：聯經出版事業股份有限公司，2013）；（5）楊玉峰：《黃谷柳的顛簸人生與創作》（香港：中華書局，2015）；（6）鄺可怡：《黑暗的明燈——中國現代派與歐洲左翼文藝》（香港：商務印書館，2017）；（7）張永久：《畫夢錄：海派文學作家的12張面孔》（臺北：秀威資訊，2020）。

上海，第二次到香港時就住在侶倫家，二人發生了微妙的感情關係，但最終沒有成為情人。[13] 本文過錄 1934 年侶倫親撰的公開信，嘗試為這宗感情公案在「旁觀者」角度以外，提供一個少人注意的「當局者」角度，作為與「故人之思」關係密切的外一章，或作為文壇史料的鈎沉，或作為侶倫書信的輯佚，相信這封公開信有一定的參考價值。

按：
本文發表於《方圓》第七期（香港：香港文學館，2021），經修訂後輯入本書。

---

13 詳參許定銘〈閱讀侶倫三題〉，載《文學評論》第 34 期（2014 年 10 月）。江河的〈林風與林鳳〉寫於侶倫逝世後一年，即 1989 年。

附錄

侶倫公開信原載《十日談》第48期（1934年），原信直排。信函中提及的「南碧女士」就是郭林鳳。

編輯先生：

偶然從貴刊第四十五期「文壇畫虎錄」欄內，拜讀了「黃文牒」先生的〈兩男二女〉一文，其中的一男是寫我的，我覺得有説幾句話的需要。

在文壇上盛行着以造謠作有趣的時候，寫一兩點閒話「湊湊興致」，本來算不得什麼事；我根本不想在文壇叨什麼光，而且也還沒有給人寫閒話來「湊湊興致」的資格，更用不着花費筆墨。但是對於那些為了要成全自己的文章而不惜加上錯誤的見解，或是沒有知道正確的事實而謬然加上自己的成見這一類自以為是的推測，則在義務上我也有不能自已的時候。

我首先得聲明，在香港（有時也在別的地方），我是常常寫些東西的，但寫也止於寫寫而已；年輕技拙，既無野心，又無名望；我不知道這位黃先生（或者他的貴友）加給我的「土豪」這銜頭，究竟有何解釋！

關於「南碧女士」的事情，要為事實而作如下的聲辯：

南碧女士與葉靈鳳先生（為了事實的清楚，我索性免除了黃先生那一種客氣的隱約罷，）是我同時結交的多年的朋友，彼此之間的情誼，是大家都一樣的深厚，而且和我的家人也一樣的熟習；也就為了這緣故，南碧女士此次之到香港來，由於靈鳳的提議，便在我的家裏住下。目的是等待靈鳳到來會面。靈鳳據説因為編輯事務忙着，幾次立意都來不成功，南碧女士因為家務待理，不能久候，在靈鳳最後一次決定南下行期之前，她回了廣西去。這些事實情形，是靈鳳都清楚着的，並不如黃先生所想像的稀奇。也不見得是友誼範圍內所不許。而竟然令到黃先生想到研究我「有夫人沒有」，動機是太可怕了。

事情本來就只是兩三個人的事情，我知道我的朋友對於此事的了解，正如我自己的了解一樣，本來不值得小題大做；然而為着事實關係，我覺得有更正一下的義務與必要。這幾行不致是多餘的。希望貴編輯先生在就近的一期上，給我這封信以刊出的機會。那就感激不盡！至於我的目的，只在更正旁人的一點錯誤的見解：以為這樣便是得到關於什麼「懸案的解答」；此外是什麼都不願聞問的。

敬祝

編安

侶倫敬上

十二月八日香港

談增訂注釋版《向水屋筆語》

筆語成書功德無量

由香港三聯出版、早在1985年成書的《向水屋筆語》，是原作者侶倫親自在二百六十篇報刊專欄中選出六十一篇並加以修訂的版本。這本筆者權稱為「乙丑版」的選本早已脱銷，需要參考時總得向圖書館借閱；至若需要參考其餘近二百篇尚未入選成書的筆語，就得自行在舊報中尋珍。每次翻舊報看整輯筆語的時候，筆者總希望哪一位有心人能把舊報上所有筆語輯錄整理成書。終於，同樣由香港三聯出版、一篇不缺的《向水屋筆語》「增訂注釋版」(上下冊) 成書了；真是讀者、研究者的天大喜訊。

「增訂注釋版」是筆語的「全編」，正如「出版説明」所言，此書「允為戰前戰後香港文學及社會、文化的珍貴第一手資料」；而書末附人名、報章、期刊等索引，讀者檢索相關條目尤為方便。相信讀者在開卷雀躍之餘，也必由衷地感謝此出版計劃的主催者、策劃者、編者、校注者及投資單位。

六十一篇重輯入集的筆語

「乙丑版」的筆語部分內容經侶倫修訂、改寫，並非初刊於報章上的原貌；是次「增訂注釋版」把這六十一篇筆語重輯入集，無論採用的是「乙丑版」還是「報刊版」，都各有理由：採用「乙丑版」，理由是尊重原作者的修訂意願；採用「報刊版」，理由是文本近源，作品原貌得以保留。「增訂注釋版」的編者最終決定以「乙丑版」為據：

> 專欄篇章收入1985年版《向水屋筆語》時，作者曾作文字上的修訂刪削，今悉依入集的原貌發排，其餘依初次發表時的文字錄入。（見「增訂注釋版」凡例第3條）

但個人的粗淺想法則剛好相反：正文以「報刊版」為據，與「乙丑版」之異文以校記交代。只有如此，全書二百六十篇筆語才能完整地展示當年舊報上整輯專欄內容的真貌。更何況，「乙丑版」雖云脫銷多時但讀者始終有機會讀得到，但一般讀者則較難接觸到「報刊版」原文；「增訂注釋版」若以「報刊版」為據，對讀者而言，似更有意義。此外，我們比較兩個版本的內容，經侶倫修訂的「乙丑版」是刪的多增的少；重輯入「增訂注釋版」時與其要以校注文字交代刪去的句段，倒不如正文直接以「報刊版」為據，或更省事。

有關異文交代

本書在注釋中交代「乙丑版」與「報刊版」的異文，以句段為主：

> 唯入集時對專欄原文較大量或重要的文字刪訂，特於注文標出，以存歷史原貌。（見「增訂注釋版」凡例第3條）

唯個別細微但關鍵的異文，相信對讀者也有幫助，值得在注釋中標示。且以〈故人之思〉為例，「增訂注釋版」在注釋中交代了「報刊版」原有的幾句：「叫人感到對岸香港那邊是不夜天，而自身的這一邊，卻是個不會醒來的夜。」但文中經作者改動的年份則未有交代。查「乙丑版」把葉靈鳳首次到香港的年份由「報刊版」的「1930 年」改為「1929 年」；此年份一經坐實並成書出版，書籍流布所及，影響極大，日後但凡談及葉氏首次到港，論者大都以 1929 年為是，如（非窮舉）：（1）羅孚：〈鳳兮鳳兮葉靈鳳〉；（2）許定銘：〈侶倫的第一本書《紅茶》〉；（3）方寬烈：〈葉靈鳳年譜簡編〉；（4）陳智德：《地文誌：追憶香港地方與文學》；（4）鄺可怡：《黑暗的明燈——中國現代派與歐洲左翼文藝》；（5）張永久：《畫夢錄：海派文學作家的 12 張面孔》。唯證諸事實，葉氏首次到港應是 1930 年；侶倫當年在「乙丑版」的改訂是錯誤的（相關考證詳參〈侶倫「故人之思」事證〉）。像年份這些「細微但關鍵」的修訂，對讀者或研究者而言，是很有用的參考信息。

有關訂正信息

本書的注釋包含若干細緻而重要的「訂正」信息，很有參考價值。例如筆語中的《飯吾蔬菴隨筆》應是《飯吾蔬菴微言》、「中國文學周」應是「中文文學周」、豐子愷畫題「第三張紙」應是「第三張箋」、向《伴侶》供稿的作者「小微」應是「小薇」。筆語的注釋者不憚煩為讀者查證筆語中有問題的內容，訂正的信息既為讀者提供方便，也同時為筆語增值。當然，二百多篇筆語合共數十萬字，需要查證、核實的資料非常多。就以筆語的第一篇〈向水屋追懷〉為例，此文提及徐悲鴻題寫「向水屋」橫披的往事，侶倫說徐氏在署名下鈐上印章，印文是「陽朔之民」。〈向水屋追懷〉見諸「報刊版」及「乙丑版」，兩個版本說法相同；數十年來都未曾改正。但證諸書法原件上的印蛻，徐氏所鈐的朱文印章的印文應是「陽朔天民」。類似信息若能在本書再版時補上，便不致繼續訛傳了。

徐悲鴻「陽朔天民」朱文印

有關人物及出版資料

「增訂注釋版」的注釋較集中地為讀者提供人物生平及作品出版的資料。雖說網絡搜尋便捷，但讀者只需手持一卷，便能直接在每篇筆語正文下讀到扼要的注釋；方便閱覽，也是好事。不過，書中需要注釋的詞條甚多，「應注」的人物或刊物數量或有掛萬而漏一者，當期諸日後再版或二刷時一一補入，如：

例一：〈異族的人情〉提及謝淑麗，未注。查謝淑麗即 Susan L. Shirk（1945- ），是首批來華的美國人，曾於 1971 年得到時任中國總理周恩來接見。其後成為克林頓政府中主要的中國問題專家之一。

例二：〈我的母親〉提及侶倫的母親，未注。查 1956 年 3 月 9 日《工商晚報》有「侶倫丁母憂」的報道，乃知其母朱太夫人 1956 年 3 月 8 日在九龍城獅子石道 39 號 4 樓寓所內逝世，享壽七十有三；據此推算，朱太夫人生卒年為 1883（？）至 1956。

例三：〈故人之思〉提及葉靈鳳的首任妻子郭林鳳，未注。查郭林鳳（1911?-1937）祖籍廣西，筆名「南碧」，曾在上海、廣州讀書，在《紅豆月刊》、《現代小說》、《新社會》及《橄欖月刊》等刊物上發表散文及小說。

例四：〈藝壇俯拾錄（七）〉提及黃曼梨姊妹：「黃曼梨愛好文學。戰前，聽說她曾經對雜誌上的一篇小說流淚讀了三遍。這事使她的妹妹黃曼珠感到奇怪。她也拿那篇小說讀一遍，同樣受到感動（……）。」黃曼梨讀的那本雜誌，按事實追查，是 1937 年 6 月、7 月的《朝野公論》；雜誌上連載侶倫的小說〈黑麗拉〉。至於黃曼珠，未注；查〈黃曼梨自傳〉中曾談及她：曼珠因丈夫去世，在港無法生活，隻身飛往星加坡後與一姓吳青年結婚，吳氏後來入伍參加抗戰，為日人所殺，曼珠乃在酒店服毒自殺。

例五：〈記起孫中山逝世的時候〉提及陳秋霖，注釋提供了陳氏的卒年（1925）。查陳氏遇刺身亡，相關報道均謂陳氏死時三十二歲；以此上推，則生年應為 1893 年。

例六：書末「人名索引」在「朱秀」和「朱基」下分別有「侶倫舅父」和「侶倫大舅舅」的補充說明，讀者能據此認識以侶倫為中心的親屬。若準此例，則索引中的「江河」應補上「侶倫妹夫」。

研究角度與平常心

《向水屋筆語》由「報刊版」(1977-1983)到「乙丑版」(1985)再到千禧年代成書的「增訂注釋版」(2023)，由報章連載到兩次成書，歷時數十年。今天，這套經悉心整理的「增訂注釋版」，肯定不僅僅是面向一般普羅讀者的散文隨筆選集，而更是面向現當代香港文學研究者的珍貴材料。不過，本書讀者在專注於淘取珍貴材料時，不妨適時擱下研究與考證的放大鏡，輕輕鬆鬆地以平常心感受筆語中若隱若現的文情雅趣：

> 1941年12月8日的前一晚，同一個由香港過海來的詩人朋友在九龍城一家咖啡店裏閒聊，談着辦刊物的計劃；一直坐到深夜才分手。事後提起這一晚的事時，大家都苦笑着説：「真不知道死期將至。」因為第二天一覺醒來，戰爭竟突然地臨頭了！

正如這則筆語的題目一樣——難忘的記憶——這些回憶片段有情有事，令人一讀難忘；説作品文筆雋永，營造出來的大抵就是這種效果。

按：
本文發表於《明報》世紀版，2023年4月24日，經修訂後輯入本書。原題「談侶倫《向水屋筆語》」，今改為「談增訂注釋版《向水屋筆語》」。

侶倫〈秀叔這個人〉的初刊與重刊

〈秀叔這個人〉初刊於香港《藝林》

蒙柏在〈《永久之歌》及其作者〉（1948）提及：侶倫幾篇具有「社會意義」的小說如〈傻福不傻了〉、〈短刀〉、〈私奔〉、〈安安〉和〈秀叔這個人〉，因在戰火中散失而不能結集出版。幸得香港文學研究者努力考掘，初刊於《華僑日報》的〈安安〉（1939）和〈私奔〉（1947）業已上載到「香港文學資料庫」，而筆者則意外地在一份香港早期電影雜誌上讀到初刊的〈秀叔這個人〉。

《藝林》半月刊是香港的早期電影雜誌，1937年3月創刊（約1941年11月停刊），編輯成員有黃枝南、宋儉超、黃達才（材）、梁積臣、馮志剛、江河。雜誌圖文並茂，內容以報道最新電影信息，以及報道編劇、導演、藝人的動向為主。侶倫的小說為何會發表在電影雜誌上呢？參看溫燦昌〈侶倫創作年表簡編〉（1988），得知侶倫於1938年夏在香港南洋影片公司出任編劇並在宣傳部工作；再查1938年8月1日《藝林》第35期，〈侶倫再編春歸人去〉一文也有報道侶倫加入電影界的消息。那是說，侶倫以電影編劇兼「文藝作家」的特殊身分，在電影雜誌《藝林》上發表小說。

〈秀叔這個人〉是萬餘字的短篇小說，全文分八段連載於《藝林》第25期至32期（1938年3月15日至6月15日），雜誌上的欄目是「ARTLAND 特約小說」。陳宗桐在《藝林》第 26 期的卷首語說：「本刊將有小叢書陸續出版，名文藝家侶倫先生之〈秀叔這個人〉就是其中之一種。」出版「小叢書」計劃未知到底有沒有成事？在這套「小叢書」尚未出土前，侶倫這篇保留在《藝林》內的小說，就別具補遺的價值。

〈秀叔這個人〉的主角是秀叔（王秀），他的人生信仰是「天無絕人之路」。雖然秀叔大半生人都碰壁，家庭、婚姻、工作、經濟、生活都滿是困難，但他還是一派樂觀，口口聲聲說「安心，安心」。歲晚追討債項的人一個個上門要求還錢，秀叔沒奈何只得去找胡老八借錢——他續娶的何阿娘原是胡老八的「姘頭」——胡老八在外收賬不在家，秀叔只好在胡家借宿一宵。翌日，秀叔帶着絕望的心情回家，還擔心妻子會被上門的債主逼死；回家發現血跡卻是虛驚一場——只是妻子殺雞過年。原來事有湊巧，胡老八因收賬路過，在秀叔家借宿一宵。何阿娘與胡老八原是舊相好，向他借了一筆款項可以還債可以輕鬆渡過年關：「究竟是自己的天命呢？還是老婆的本領？秀叔得不到解答！」這故事讀起來一點都不沉重，反而近於輕鬆小品。秀叔的樂觀跡近自欺，跡近逃避現實，但卻總是遇難呈祥、絕處逢生。他糊裏糊塗又自欺欺人，生活的難關就這樣一一渡過。

小說重刊於上海《現代週報》

侶倫曾在 1944 年上海的《現代週報》上重刊幾篇舊作，依次為：（1）〈遮陽鏡〉，見《現代週報》第 1 卷第 1 期；（2）〈秀叔〉，見《現代週報》第 1 卷第 6、7、8 期；（3）〈羅道夫先生〉，見《現代週報》第1卷第11、12期及第2卷第1、2期。(4)此外，彭智文又在1944年《現代週報》(第1卷2-5期)上找到另一篇侶倫的小說〈夜岸〉(分四期連載)。

以上幾篇小說都是舊作重刊。〈遮陽鏡〉初刊於1937年香港的《朝野公論》第2卷第9-10期(合刊)。〈羅道夫先生〉即〈母親說的故事〉，作品早已輯入1941年7月在香港出版的侶倫小說集《黑麗拉》(侶倫第一本面世的短篇小說集)。這兩篇舊作在《現代週報》上重刊時，均署名「侶倫」。至於〈秀叔這個人〉，重刊時題目改為〈秀叔〉，作者名字改署為「李倫」。此外，由彭智文發現的〈夜岸〉，發表時作者以「呂華」為筆名；彭氏推測：「〈夜岸〉最初應先刊載於《華僑日報》，復在《現代週報》重刊。」(見彭智文：〈從侶倫佚作〈夜岸〉說到《窮巷》〉)

據〈侶倫創作年表簡編〉，侶倫1942年5月自香港返回內地，在廣東一所小學任教導主任，直至日本投降後(1945年的冬天)才回港；〈秀叔〉及其餘三篇小說，都是侶倫在廣東時投到上海《現代週報》的舊作。〈秀叔〉分三段連載(重刊)於《現代週報》，作者署名「李倫」明顯是「侶倫」的諧音(事實上侶倫原名是「李霖」)。「李倫」這個鮮為人知的筆名(或別名)，相信對搜尋侶倫其他佚作有幫助。

〈秀叔〉(重刊)與〈秀叔這個人〉(初刊)在內容上大致相同，故事背景由香港(初刊)改為上海(重刊)，作品中小部分因讀者對象不同而修訂的語段倒有趣味。三十年代在香港《藝林》發表時小說穿插若干地道的粵語，到四十年代在上海《現代週報》重刊時經作者一一改訂，例如：「仔大仔世界」改訂為「兒子大了是兒子的世界了」；「不相信去看鏤」改訂為「不信去看看鏤子」。

港滬文學的橋樑

潘錦麟在〈侶倫與香港文學〉(1996)中提出過「侶倫早期作品成為了溝通香港文學與上海文學的橋樑」的看法。許定銘在〈衝出香港的作品與小說中的精品——侶倫的文學創作〉(2021)也說：

> 年輕的侶倫不甘心單單在香港發展，只成為「香港作家」，很早他就嘗試衝出香港，把作品投到當時全國文藝中心的上海去。

兩位論者分別以侶倫初刊於上海文藝雜誌的〈以麗沙白〉(1929)、〈伏爾加船夫〉(1929)、〈一條褲帶〉(1930)及〈超吻甘〉(1933)為論據。至於四十年代侶倫在上海《現代週報》刊登舊作的事實，則「重刊舊作」或可視為侶倫「溝通香港文學與上海文學」的另一道橋樑。

附帶一提：《現代週報》1944年8月創刊於上海，是日本佔領上海時期的時政刊物，週報有明顯親日、媚日的傾向。向週報供稿的作者有嚴懋德、盧綺蘭、張立平、韓紹瑤、朱落紅、沈志遠、曹慧麟等人，其中較知名者有丁福保、周楞伽和侶倫。為什麼侶倫1942年至1945年間在廣東養晦時期會把幾篇略經修訂的舊作投給有明顯親日、媚日的傾向的《現代週報》？箇中原因相信甚為曲折、複雜，非三言兩語或單一角度可以論證清楚；在此姑記一筆，伺時機成熟及材料齊備時，再行論述。

按：

1. 本文發表於《明報》世紀版，2022 年 11 月 11 日，經修訂後輯入本書。
2. 彭智文在 1944 年《現代週報》（第 1 卷 2-5 期）上找到另一篇侶倫的小説〈夜岸〉（發表時以「呂華」為筆名，分四期連載）。那是説，侶倫在《現代週報》供稿共四篇。我在《明報》發表文章時並不知道「呂華」就是「侶倫」，本文參考彭氏的成果作修訂；不敢掠美，謹此聲明，敬請讀者注意：在《現代週報》上發現侶倫小説〈夜岸〉，是彭智文先生的考掘成果。彭智文〈從侶倫佚作〈夜岸〉説到《窮巷》〉，載《明報》世紀版，2023 年 4 月 18 日。

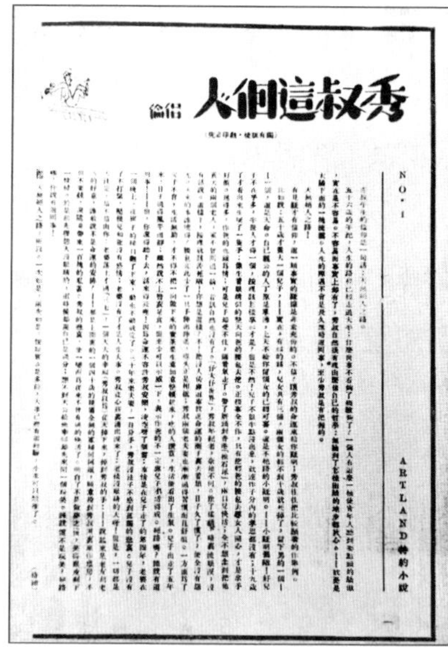
秀叔這個人

侶倫

NO. 1

ARTLAND 特約小說

《藝林》第 25 期（1938 年 3 月 15 日）連載侶倫〈秀叔這個人〉

秀叔（續完）

李倫

〈秀叔這個人〉重刊於 1944 年《現代週報》第 8 期
小説名稱為〈秀叔〉

土瓜灣外傳

別墅的門打開了

我曾在〈螳臂錄〉中說「西西的文學世界慚愧我是至今都無法進入」，朋友都覺得奇怪，怎會「無法進入」呢？

事實上，在閱讀中有收穫、起共鳴，往往是機緣或角度的問題。比如近月來讀西西的《牛眼和我》就讀得特別起勁特別投入，〈別墅開放日〉對我啟發尤深：

> 但我們一直在希望，有一天，別墅會打開它的門，讓外面的人進去看看。而我們，也就懷着一份敬意和感激，像進入盧浮宮，或者是西斯廷。

這，正是我的心情、我的想法。西西的〈土瓜灣敍事〉也像打開了門的盧浮宮或西斯廷，誰遇上機緣或對上了角度，誰就可以懷着一份敬意和感激，進去看看。

自鑄的典故

作家或文人在作品中特別關注某個地方，這個地方就有了另一番風景。因為「情之所鍾」，這個地方也就有了生命和情感。更何況，西西關注土瓜灣，長期居於斯、寫於斯；中篇〈土瓜灣敍事〉雖説「敍事」其實肯定離不開抒情——抒發她對土瓜灣的珍惜之情。

與其説西西筆下的土瓜灣是象徵不如説是作者自鑄的典故。把一個地方煉成典故，可以包含事實，或傳説。西西在長期創作中已然煉就一些屬於西西的典故，像「肥土鎮」，像「我城」，像「美麗大廈」，加上「土瓜灣」，都是在寫實與虛構中滲入寄託的文藝成果。這些「典故」，可以成為連接至另一個檔案的「超連結」（hyperlink）。讀完〈土瓜灣敍事〉，好奇的讀者固然可以到土瓜灣「親歷其景」，對比、驗證一下文學世界與真實世界的種種異同；也可以通過作品中的「超連結」，把閱讀視域延伸、連結到西西的其他作品或讀者個人的回憶上去。

陳二文與「安仔」

〈土瓜灣敍事〉極少直接對話，正因如此，西西在第三節集中用上了十餘組直接對話寫陳二文的「堅持」就顯得格外矚目。

陳二文買魚尾不要搭魚頭，買燒肉拒絕搭豬骨：「買燒肉是燒肉，不是豬骨，這是原則問題。」這種「購物原則」似曾相識。記得八十年代電視台確曾追訪過「買燒肉拒絕搭豬骨」的「安仔」。十年前網絡討論區還有人記得他討論他：「大約八幾年，香港電台電視部，唔知《星期二檔案》定《鏗鏘集》，專題介紹咗一個人叫安仔，佢最鍾意投訴政府部門！又濫用救護車！連去買燒肉，人哋搭多嚿骨畀佢，佢都要報警投訴！」「我都記得佢買燒肉投訴人哋搭豬骨畀佢，佢仲講了句『我依家係買燒肉，唔係買燒骨，你無理由搭豬骨畀我。』」「條友投訴一磅方包唔足秤。」

《我城》的起筆

〈土瓜灣敍事〉說陳二文讀過《我城》後，「覺得作家說這地方，並不見得比自己說得更有趣，真好，這作家給了他自信的正能量」；西西自嘲中具見幽默。

話說「陳二文到圖書館去搜查，找到一本叫《我城》，看了第一句已經猛搖他的頭」。《我城》的第一句，正是極富爭議的「我對她們點我的頭」；黃維樑、何福仁、王偉雄、馮睎乾、梁文道、許迪鏘、鄧小樺、廖偉棠等文人作家，都曾參與討論。語法規範與文藝創作有時是不可兼得的魚與熊掌，西西以實踐代替論爭，好整以暇，在「敍事」中繼續自嘲、自解或自娛。「點頭事件」大概可以繼魯迅筆下的兩株棗樹成為現當代文壇另一傳世公案：不必爭論，不妨參悟。無論如何，「點我的頭」業已成為西西獨特的「招牌式」（signature）句子；她在「敍事」中用了兩次：另一次是「陳大文也搖搖他的頭」。

《飛氈》的收筆

花阿眉是誰？花阿眉在〈土瓜灣敍事〉中多次出現。

在肥土鎮，花阿眉跟西西一樣，曾經住在「美麗大廈」；她跟陳二文一樣，喜歡到圖書館。花阿眉在外國旅行時總被人當是日本人或韓國人；2012 年西西接受《南方都市報》訪問時說：「我去旅行的時候，有人問我『哪裏人啊』，有的人甚至直接和我們說『阿里嘎多』（日語『謝謝』）（……）。」

《飛氈》的收筆處忽然出現了聽故事的花阿眉：「你要我告訴

你，關於肥土鎮的故事。我想，我已經把我所知道的，你想知道的，都告訴你了，花阿眉。」原來花阿眉很想了解關於肥土鎮的一切。在《飛氈》中她願意聽，在「敍事」中她還願意「親歷」：

> 我真的認識自己生活的地方嗎？花阿眉想，這個夏天，決定不出遠門了，就在土瓜灣自由行。（……）難道肥土鎮就沒有值得去看的地方？我們總是不屑看身邊的景物。花阿眉覺得，為什麼不可以在本土旅遊，就那麼四、五天，或者一個星期吧，在城裏的大街小巷閒逛；帶一張地圖，也背着背囊，掛着照相機，（……）。

《飛氈》中的肥土鎮因受「自障葉」影響，漸次湮沒；花阿眉聽到的，已是關於肥土鎮的傳說。土瓜灣在西西「敍事」完成後，是否也會漸次湮沒？西西在「敍事」的收筆處借二文記錄豬尾一事，說：「正因為一切轉眼就失去，不牢牢記住，怕來不及了。」

〈土瓜灣敍事〉與〈土瓜灣〉

〈土瓜灣〉是一首很「散文」的詩，詩中提及靠背壟道一幢舊樓，路人可以抬頭看看四樓，那兒有一個窗口，打開了一條縫隙，牟宗三老師就在小書房內讀書寫書；西西接着說：

> 但牟老師畢竟在土瓜灣住了許多許多年
> 土瓜灣就有了值得居住的理由

西西這點心情我非常明白也極有共鳴。1998 年我寫〈天光道的闌珊燈火〉回憶在新亞研究所讀書的歲月，也想起了牟老師。牟老師靠背壟道的房子在四樓，新亞研究所恰巧也在中學校舍的四樓——都沒有升降機：

> 每當我路經研究所，倘是傍晚時分，我會望向新亞中學的頂樓，回想在研究所讀書的日子，大概有整整兩年的時間，我拼盡氣力拾級而上，那四層樓級，不多也不少，曾使我臉紅，使我惶恐，特別當我在梯間見到牟老師拾級而上的背影，我的臉會更紅。此刻研究所的玻璃窗正透出明亮的燈光，我在臉紅之餘，更會感到一點點暖意——雖然，多位老師已站在闌珊燈火處。

大約是 1988、1989 年，黃昏下班後，我總得由港島大坑道匆匆忙忙乘公車趕赴研究所上課，就在馬頭圍道「紅蘋果街市」附近的公車站下車——正是西西在「敍事」中說的「蘋果屋」，即「頂樓畫了個蘋果的政府大樓」。「敍事」說如果陳二文有耐性讀完《我城》，「他會知道土瓜灣還住了哲學家、詩人」，那位哲學家就是牟老師。西西認為，因為牟老師在土瓜灣住過，土瓜灣就有了值得居住的理由；那是把「人文回憶」提升至價值層面——倘取巧地把這點價值倍大，牟老師畢竟在香港住了許多許多年，相信整個香港也同樣「有了值得居住的理由」。

「敍事」說土瓜灣住了詩人，我一下子就想到西西和何福仁。其實十三街那邊也曾住了一位愛寫詩愛讀詩的年輕人：嚴瀚欽寫新詩也寫古典詩。寫詩的人住十三街最貼切，街道名字龍圖、鳳儀、鹿鳴、麟祥、鷹揚、鵬程、鴻運、蟬聯、燕安、駿發、鶴齡，都工整、平行、平衡，像一首四平八穩的豆腐乾格律詩；這一切，對喜歡讀詩寫詩的人來說，同樣是「有了值得居住的理由」。而且，十三街對面不遠處就是牛棚：「數十年前，牛棚近馬路的邊緣，花阿眉見過母牛和小牛一齊在吃草。」1999年屠刀轉交給上水後，牛棚立地不成佛寺，卻變身成為藝術村。

繁華誰曾見

早有《白髮阿娥及其他》完整收錄「阿娥」系列，幾篇小說時空橫跨八十年代到千禧年代。

啟明街是土瓜灣道的起點，「敍事」説這條老街冷冷清清有點落難荒蕪：「可誰見過它昔日的繁華？白髮阿娥是見過的。」「白髮阿娥」跟「白頭宮女」在聯想關係上非常密切：都見盡繁華與落寞。阿娥還在菜市場親眼見識過陳二文買魚尾買燒肉的原則與堅持。阿娥那一代和我這一代，都堅持過，又或者見識過堅持；都繁華過，又或者見識過繁華。阿娥常常夢見水蛇是因為「寓所下面曾是炮製蛇羹的店鋪」。倘若寓所下面換成冰室餐廳你說多好：阿娥住在樓上能常常夢見一塊雞蛋一隻葱一個胡椒粉一株檸檬茶一頓雪糕梳打又或者一畝阿華田——土瓜灣「值得居住的理由」就更充分了。

按：

1. 本文發表於《字花》第93期，2021年9月，經修訂後輯入本書。
2. 本文提及「十三街那邊也曾住了一位愛寫詩愛讀詩的年輕人：嚴瀚欽寫新詩也寫古典詩」是2021年的事，年輕詩人嚴瀚欽今已遷居。

3.〈螳臂錄〉是我為劉偉成文集《影之忘返》寫的序文。

4.〈天光道的闌珊燈火〉，見朱少璋：《塵土雲月》（香港：獲益出版社，1998）。

牛眼和西西

創作譜系的近源零片

「牛眼和我」原是西西在1967至1968年間《快報》上的專欄，這批在專欄上發表的散文，內容多元而豐富，涉及時事、文學、藝術、潮流、生活瑣事以及種種相關看法與感受，筆調輕快清新。專欄每天連載，可惜全稿並沒有完整保留。半世紀後，中華書局據張景熊剪輯的一百四十六篇舊報專欄，以及樊善標在中文大學圖書館藏報中輯得的三篇，去掉重出的一篇，共輯得一百四十八篇，整理成書。

《牛眼和我》較集中而全面地展示了西西的價值觀、觀物角度、語言習慣、原則、風格、喜好、思路、學識，凡此種種，都不同程度地牽繫着、影響着她往後的創作活動。這批散文混沌、複雜、濃縮，無疑是西西創作譜系中一塊重要的近源零片，其出版價值相信並不僅僅止於「補遺」。

「牛眼」經得起誤讀

專欄名稱「牛眼和我」中的「牛眼」實在不易理解，可幸在百多篇的舊剪報中，剛巧保留了〈釋牛眼和我〉。西西在文中現身說法，原來「牛眼」是當時一種時款的鈕扣，圖案就是由多個圓圈組繪而成的「箭靶」。查英文 bull's eye 確是「the centre of the target in sports such as archery, shooting, and darts」的意思。西西說有一個畫家本來要畫箭靶，卻因為「箭靶」又名「牛眼」，畫家居然真的對着牛的大眼觀察了整整一個下午才動筆，結果「箭靶」畫不成，卻畫了一幅「牛眼」。西西以這件笑話自嘲，說自己也是這種人：「你要我寫篇明星訪問記，我偏要跑去見見那個明星，但結果寫的呢，和見不見明星完全無關。」傻得可愛的畫家把喻體（牛眼）誤當成本體（箭靶）固然糊塗，但西西的自嘲卻傾向關乎藝術創作的「成果」與「過程」。西西應該是更重視「過程」的作者。

西西在《傳聲筒》的自序中說：「打開一本書，有什麼比誤讀更充滿參與的感覺？祝誤讀愉快。」卻原來「bull's eye」也指「a very hard globular candy」或「a large, hard round peppermint sweet」，西西雖然沒有提及這層意思，但經讀者刻意「誤讀」（misreading），這滿有童趣、天真、甜意的糖果（牛眼），卻又巧合又意外又貼切地成為「牛眼和我」在藝術特點與風格上的象徵。

輕逸、天真及其他

已有研究者論證卡爾維諾的「輕逸」與西西小說的關係，其實「輕逸」的氣氛和格調，同樣見諸西西的散文。

《牛眼和我》的內容主題總體上既以文藝潮流瑣事以及作者個人感受為主，讀起來一點都不沉重。所謂「讀起來一點都不沉重」當然都是作者營造的文藝效果，並非隨意、馬虎或輕率可以做到。例如西西在〈編織蒙太奇〉談「蒙太奇」的意思，她一再強調這個用語「一點也不深奧，並不一定要談電影才提到它」，筆鋒一轉就説蒙太奇是女孩子的好朋友哩，並以編織、化妝為例，説明蒙太奇只不過是「弄好」的意思，結論是：「誰會認為是好深奧的一件事。」事實上，西西的《銀河系》（1968 年）正是以蒙太奇組編而成的實驗短片。

西西在專欄中談及文藝潮流時，絕不刻意賣弄，相反是喜歡把一般人認為深奧、難懂、複雜的概念，寫得平易近人。1971 年 1 月第 964 期《中國學生周報》上張惠芳的〈西西化化的西西〉有賞析「牛眼和我」的部分，張氏的評價正是：「西西談的東西都很平淡、很普遍，就是我們每天都會碰見的事，沒有那種『語不驚人死不休』的論調，也不是那些看了教你半天也吃不消的。」西西的思路和手法主要是「化繁為簡」或「以簡馭繁」，而下筆則盡量貼近一般人的生活，不唱高調。例如她談及「電影劇場」時居然忽發奇想，提出「如果找梁醒波來就開心了」。雖然，在文章收筆處她也得承認「真正的電影劇場氣氛會嚴肅得多」。像這些對內容或題材上的「輕逸」處理，正是作者能「舉重若輕」的明證。

「輕逸」之感在西西的散文中也直接派生出天真與幽默。何福仁曾在〈西西：其人其事〉中轉述西西的「凍齡宣言」：「記者説她（西西）有童心，她就説二十七歲後，就停止長大了。」這一點童心，在在與輕逸、天真、幽默有關。《牛眼和我》中各篇散文讀起來總予人年輕、跳脱、活潑之感——當時西西三十歲——如：「哎呀，哎呀，我們的那些書，重死啦」，語氣嬌滴滴，「少女」得很；「鏡子鏡子掛在牆，漂亮時裝在何方？」「鏡子鏡子掛在牆，法國時裝又怎樣？」是移用《格林童話》的「Mirror,

Mirror on the wall」，滿有童話、童謠味道。西西散文的語言也有率直自然流露的一面，如：「發明方法演技的人叫做史丹尼斯拉夫斯基。他的方法演技大綱和他的名字一樣長（……）」、「男朋友，就是一個很捨得請你看電影和上餐館的人」、「女朋友，就是那種令你忽然變得很乖的人」；歸納而言，這些藝術風格是「略帶橫蠻而又不無道理」，隱隱然透出幽默感。

《牛眼和我》也有觸及嚴肅、沉重的題材。馬世芳在〈西西與我〉中說：「她（西西）寫戰爭、死亡、貧窮、老病，也帶着一副柔軟的心腸，和一雙洞燭人世、然而始終好奇的眼。」文集中〈這樣的城市〉就是寫戰火中滿目瘡痍的西貢，字裏行間具見西西「柔軟的心腸」：「是孩子們拿走了你的打火機、錢袋、手錶、相機」，用「拿」不用「偷」；「一個小孩正拉着你的臂：先生，給我五個彼亞索吧」，用直接對話交代而不用「乞討」；「妓都在街上，一千個彼亞索就陪你到天亮」，「陪」字用得溫柔而帶善意。此外，「一個美麗的城市，人們都要生存，只講生存的時候，沒有人知道什麼叫生活」，看法洞燭人生，透徹明白。還有「瘦狗和肥鼠在街上走過」、「孩子們都瘦，都髒，眼睛大，手很多」、「的士老得像我們的祖父」、「一輪小電單車上，是父母和他們的三個孩子」，都是借好奇的視角，簡單而有力地呈現貧窮、骯髒和荒亂。

括號內的「畫外音」

《牛眼和我》的「畫外音」很值得注意。

「畫外音」簡單而言就是與正文有關的注解或題外話，這些信息在性質上屬於旁注或補充。西西散文中的「畫外音」大都放在括號內，很容易辨識。讀者透過這些括號內的信息固然能更詳細、更明確地理解正文；柳蘇在〈像西西這樣的香港女作家〉就談過西西在〈感冒〉及〈瑪麗個案〉中運用「括號」巧妙地補充正文的表達手法。其實，部分置於括號內的「插話」式「畫外音」，也能同時營造出一種作者跟讀者「講悄悄話」的藝術氣氛，令讀者產生「交心」、「推心置腹」以及「親密」的感覺；讀者和作者的距離一下子就拉近了。例如：

1. 〈等待貼標畫〉:「海報既然那麼美麗，為什麼不印多些，賣給喜歡它的人呢？像聖誕卡、明信片（好漂亮的名畫明信片，畢加索呀、克里呀、梵高呀，才五毫錢一張，海運大廈的西文書店就有得賣），都可以印了出售。」
2. 〈披頭四如此說〉:「不黑的東西沒有理由一定是白的（又不是老師在那裏測驗相反詞）（……）。」
3. 〈蒙娜麗莎〉:「（……）蒙娜麗莎的眼睛總是看着你的。（想想就恐怖了）（……）。」
4. 〈附庸風雅〉:「看畫的人不買畫（因為沒有錢），買畫的人不看畫（多半是看不懂）（……）。」

像以上各例，正文是面向所有讀者（面），而括號內的部分則可以（或可能）只面向某一位讀者（點）；更可以是作者自言自語的內心獨白。如此安排令行文語氣變化更大。倘若要朗讀這些句子，括號內的文字在語氣上應是私密而輕細的，在感情上則是親切而真誠的。

舊報刊是寶庫

舊報向來是文學材料、歷史材料的寶庫。《牛眼和我》正是據舊報副刊專欄編成的散文集，成果別具文學價值與研究的價值。

樊善標在《牛眼和我》的序文中說：「剪報冊似乎並非完全順序，中間有多少沒有剪存更無法估計。」據張惠芳在〈西西化化的西西〉所記，當年她在《快報》讀到專欄「牛眼和我」時的感受和行動是：「初時是一陣驚喜，感到很新鮮、很單純，讀起來蠻有味道，於是每天都看、每天都追、每天都剪（……）如是者這樣的剪剪貼貼了個多月（……）。」那是說，張惠芳應該藏有「個多月」的專欄剪報（約四五十篇？），倘能設法聯絡上張惠芳並得到她手頭的剪報，再結合現已成書的一百四十八篇；樂觀假設兩批剪報沒有重複的話，則文章總數可躍增至近二百篇。期待中華書局出版的《牛眼和我》能喚起廣大讀者、收藏家、研究者的關注，提供更多有用的材料。

按：

本文發表於《明報》世紀版，2021 年 8 月 7 日，經修訂後輯入本書。

西西〈很希臘〉

西西的《牛眼和我》（2021年初版）出版後，陳進權在臉書上載鄧小宇收藏的一些舊剪報，七篇《牛眼和我》的「漏網之文」以〈很希臘〉最為矚目。

一旦提及「很希臘」，慣讀文學作品的讀者相信一定會先想到余光中名句「星空，非常希臘」。

由余光中「非常希臘」說起

余光中的〈重上大度山〉寫於1961年，六十年代分別見載於1967年臺北文星書店版及1969年香港文藝書屋版的《五陵少年》；詩中經典奇句「非常希臘」曾引起過討論，有支持也有反對。沈君山《浮生三記》中〈小傳自述〉記下了與余氏「奇句」有關的趣事。話說1973年余光中應邀到清華演講，即席朗誦〈重上大度山〉；現場卻有聽眾大為不滿：

> 忽然一位聽眾，虎的站起來，也不打招呼，劈頭的說：「你這詩不通，希臘是名詞，怎麼可以當形容詞？而且崇洋媚外，中國天空也有藍的，形容藍天為什麼一定要找外國？（……）」。

梁錫華卻認為奇句偶用無妨，1980年他在〈有關中文的聯想「是」與「純正」和「規範」〉的末段就由「很香港」說到「很希臘」：

> 「很香港」一語脫胎於余光中「星空，非常希臘」(〈重上大度山〉)。余氏這話給人罵了不少，據說是嚴重的文字「污染」。我的偏見卻是：偶一用之，情趣盎然，未足為病。

李家樹則不以為然，1989年在〈漢語詞性不可隨意混同〉提出反對，理由是：

> 這個句子的毛病，是用詞不當。(……)這裏的「希臘」是名詞，卻誤用為形容詞，跟前面的程度副詞「非常」不相搭配，結果整個句子讀起來別扭得很。

李氏反對「把某類詞用作另一類詞」，又說「星空，非常希臘」在漢語裏找不到相同的用法。其實「把某類詞用作另一類詞」就是修辭手法中的「轉品」。八十年代在臺灣出版的董季棠《修辭析論》(1981)，就有專章談論這種修辭手法：

> 轉品詞的好處是在習慣了的文法用詞以外，突然來一個特別的用法，使人有清新別致，出乎意料之感。整個句子甚至整段話都顯得格外生動。所以精彩的轉品詞，都是人工雕琢而成的。但人工雕琢，又必須合於自然，至少要讓讀者看得懂。如果不合自然，甚至看不懂，那樣的轉品就沒有意義了。

董氏這段話頗為中肯，值得注意。談到轉品，王安石名句「春風又綠江南岸」、楊萬里的「山不人煙水不橋」都可視為先例；雖說古代遣詞標準或與現當代不同，但從修辭的本質上講，余氏的「非常希臘」，是有先例可援的。後繼的例子則有 1965 年鄭愁予〈旅程〉中的「我曾夫過父過也幾乎走到過」，又陳銘磻約寫於七十年代初的〈觀音竹的歲月〉也有「一隻低飛的海鳥 / 便很尼采的棲立觀音竹」，足證余氏奇句在同時代而言也不算得上是孤例。更何況，無獨有偶，六十年代西西在香港這邊廂也「很希臘」。

西西〈很希臘〉的卑微願望

西西的〈很希臘〉約寫於 1967 至 1968 年間，未知她撰寫此文前有沒有讀過余光中的〈重上大度山〉，也不知道梁錫華、李家樹在撰文討論余氏奇句之前有沒有讀到西西的〈很希臘〉。但無論如何，西西説「她是一個很美的女孩子，美得很希臘」確與余氏「星空，非常希臘」有着異曲同工之妙。西西在文中為這種奇特的「出位」寫法辯解：

> 我們只想用一些淺淺的詞字，人人看得懂的句子。可是，詞語太少，太古老了。是那古老使我們難過，是那些被大家用得濫得毫沒朝氣的詞語使我們傷心。所以，老師，我們就把形容詞，動詞，名詞都混在一起用了。我們不過是希望嘗試一下，建立起一種我們這一代的語言。實在的，老師，我們一點也沒有不尊敬你的地方。

西西筆下的假設閱讀對象是「老師」，這不妨視為在語言上強調規範、穩定、古奧的象徵。西西在文中以委婉、上行的謙卑語氣為「很希臘」護航，還透露了卑微的願望：

> 真的，老師，我們沒有一點不敬愛你的地方，我們只希望你允許我們這樣，依我們的方式寫作。

事實上，西西五十年代入讀葛量洪教育學院，六十年代在《快報》上發表〈很希臘〉的時候她正任教於官立小學。那是說，老師或學生，兩個身分對西西而言，都是過來人。她在文中選擇代入「學生」的身分，為象徵「我們這一代」的「學生」道出心聲。身為老師的西西，在為學生「代言」或「請命」之餘，也同時為教師——特別為語文教師——提供自省或反思的角度。西西不談語用風格也不談語法標準，卻願意把「很希臘」交給歷史、交給時間：

> 我們只是在試試。而且我們知道，一切經不起時間考驗的東西，都會遭歷史所淘汰的；我們這樣做，並沒有忽略過這最公正的敵人。

一如西西所言，時間，信亦公正。一甲子後余光中詩筆下的星空在爭拗中依然希臘；另一首比〈重上大度山〉早一年成詩並同時收錄於《五陵少年》的〈吐魯番〉，奇句「席夢思吐魯番着我們」卻顯然給「很希臘」比下去：談論的人少，欣賞的人也似乎不多。而西西說女孩子「美得很希臘」，這點「美」一直為余光中的星空所掩，今天西西舊文重現，以平常心細讀，這句子確能有效地讓人聯想到阿芙洛狄忒、維納斯、阿爾忒彌斯、雅典娜、赫柏或普賽克；如玉美人有分明的輪廓修頎的身材白皙的皮膚微鬈的長金髮與略帶冷漠的眼神。

讓事情面對「最公正的敵人」

新文學運動初期胡適把個人詩集命名為「嘗試集」，這部現代文學史上首部白話詩集，內容固然有不少可議之處，但「嘗試」二字倒是值得重視、值得細味。很多我們今天看起來是理所當然又順理成章的事，在出現之初，往往備受批評甚至惡罵。起點處倘沒有人嘗試冒險踏出第一步，過程中倘沒有人爭取、沒有人堅持，這些事很可能就壓根兒不會出現又或者早已「中道崩殂」。

當年余光中和西西都把「希臘」當作形容詞，今天我們亦已習慣用「陽光」形容那些開朗、愛笑、健美、好動而具青春活力的男生或女生；用法既自然又易懂，無論在口頭或書面都可用都合用。相信這種用法確是「情趣盎然，未足為病」，也相信類似的用法絕不容易被歷史淘汰。至於口頭上粗俗地用「呢個人好狗」辱罵那些卑鄙無恥的人，這用法到底是否同時適用於書面又是否可與「希臘」、「陽光」一樣為大眾接受，則還是應該讓「很狗」面對「最公正的敵人」：並非一兩個人說了算；且事涉約定俗成，當然也絕對不是短時間內就可以有結論的。

按：

本文發表於《明報》世紀版，2021年10月23日，經修訂後輯入本書。原題「余光中和西西的『希臘』」，今改為「西西〈很希臘〉」。

附：「希臘公案」發展時序

1957	(港) 西西入讀葛量洪教育學院
1960	(臺) 余光中〈吐魯番〉:「席夢思吐魯番着我們」
1961	(臺) 余光中〈重上大度山〉:「星空，非常希臘」
1965	(臺) 鄭愁予〈旅程〉:「我曾夫過父過也幾乎走到過」
1967	(臺)〈吐魯番〉、〈重上大度山〉見刊於臺北文星書店版《五陵少年》
1967-68	(港) 西西〈很希臘〉:「我們只是在試試，而且我們知道，一切經不起時間考驗的東西，都會遭歷史所淘汰的；我們這樣做，並沒有忽略過這最公正的敵人。」 按： 未知西西撰寫此文前有沒有讀過余光中的〈重上大度山〉 是時西西任教於官立小學
1969	(港)〈吐魯番〉、〈重上大度山〉見刊於香港文藝書屋版《五陵少年》
70年代初	(臺) 陳銘磻〈觀音竹的歲月〉:「一隻低飛的海鳥 / 便很尼采的棲立觀音竹」
1973	(臺) 余光中應邀到清華演講，有人指出「希臘是名詞」，引起爭論
1980	(港) 梁錫華〈有關中文的聯想 「是」與「純正」和「規範」〉支持余氏 按： 未知梁錫華在撰文討論余氏奇句之前有沒有讀到西西的〈很希臘〉
1981	(臺) 董季棠《修辭析論》有專章談論「轉品」
1982	(港) 西西〈可不可以說〉
1989	(港) 李家樹〈漢語詞性不可隨意混同〉提出反對 按： 未知李家樹在撰文討論余氏奇句之前有沒有讀到西西的〈很希臘〉

劉以鬯早期文學作品事證

「劉以鬯研究」的一磚半瓦

2018 年 10 月我開始整理劉以鬯先生的早期作品，當時初步的想法是挑些較罕見的，編一本「劉以鬯早期作品集」，目的是方便研究者翻閱或引用。感謝小思老師，老師看過目錄和材料後，幫忙向劉太轉述出版計劃的初步構想。感謝劉太，建議我進一步把相關的比較、分析寫成論文出版。個人本意雖是為劉先生編一本專題詩文集，但如利用這些材料改以論文形式展示觀點，也是很有意思的事，於是打消了編刊詩文集的想法，在公餘抽空一志於以劉先生早期（大陸時期）作品為題，寫一篇薄具學術規模的論文，希望相關的材料及觀點，能引起研究者對劉先生早期創作的關注。

《黃絹初裁》就是這樣在老師的關照下，在劉太的支持下，於 2020 年 5 月成書。書的副題是「劉以鬯早期文學作品事證」，成書目的是為讀者展示劉先生散文、詩歌、小說、翻譯以及編輯的早期風貌與成就，也同時利用客觀材料，訂正一些錯誤說法。此書格局也許不夠大，但希望能「以小見大」，為將要陸續開展的「劉以鬯研究」補添一磚半瓦。

「文學事證」讓材料說話

《黃絹初裁》嘗試凸顯「事證」的效果，充分讓材料說話。

我嘗試在文學研究中運用「事證」作為主要方法，啟發來自岑仲勉的〈補《白集源流》事證數則〉。所謂「事證」，就是「以事證之」的意思，以客觀材料作為一種真實、確鑿、典型的事實論據，直接讓材料發揮證明的能力。「事證」是利用優質的客觀材料，據此或建立新說，或修正舊說，或補充成說，包含使用客觀事實論據進行論證的意思。

我把劉以鬯的早期作品略作鋪排整理，發現不少別具「事證」價值的作品，頗能通過「讓材料說話」凸顯其價值。這些早期作品既可視為劉氏漫長創作歷程的近源座標，復能較具體或較全面地展示劉氏在詩歌、散文、小說、翻譯各方面的早慧丰姿。盧瑋鑾在〈淺論劉以鬯與香港文學的血脈關係〉中說：

> 香港文學史重要成分，都分散藏身於大大小小報刊雜誌中，如雜錦鍋一般的副刊裏。想寫好香港文學史，非得有極濃熱愛、耐得起寂寞，花得起時間，切切看過這些雜錦鍋，不分好歹，都用心淘一次，方有信心能力。單靠讀「知名作家」出版過的單行本，或散閱零碎斷章就下定調，會錯過許多重點的。

舊報章舊雜誌上的文學材料，都十分珍貴，且具「事證」價值。《黃絹初裁》利用考掘自舊報章舊雜誌的劉氏早期作品，進行分析、探索，初步獲得的成果，摘其要者而言，有以下幾項：

1. 劉氏寫於四十年代的六首新詩，經歸納所得，有明顯的格律傾向；這傾向體現在詩歌的齊言、押韻等特色。

2. 劉氏早期散文〈農邨之春〉、〈北國里〉，以及早期極短篇小說〈乾魚〉、〈荒後〉，均能具體證明劉氏確曾處理過「農村」題材；類似的「農村書寫」元素，似未見於劉氏中後期的作品。
3. 據目前考掘所得，劉氏最早發表的作品是〈默念〉，作品發表時劉氏只有十三歲；小說〈乾魚〉則是劉氏十五歲時發表的作品。而小說〈荒後〉更為有趣，是劉氏在十六歲時的參賽作品。這幾篇甚少研究者注意的「少作」，展示了劉氏學生時期的創作風貌，是研究劉以鬯早期創作的重要材料。
4. 考掘《迅報》上劉氏的〈冬吟〉和〈酒之獻〉，這兩篇詩化美文，篇幅很短，但卻補充了劉氏「孤島時期」創作活動的一鱗半爪，我同時據〈冬吟〉中的句子，梳理出穆時英在創作上對劉氏的影響線索。
5. 據考掘所得：同屬短篇小說，劉氏的〈他們的結局〉發表比〈流亡的安娜・芙洛斯基〉要早。目下以〈流亡的安娜・芙洛斯基〉為劉氏處女作的說法，應予更正；而一直為研究者及作者本人忽略的〈他們的結局〉，應重新受到關注。
6. 小說〈花匠〉證實是劉氏大陸時期的作品，並非南洋時期的作品。有論者以〈花匠〉為例論證劉氏的「南洋敍事風格」，實誤。
7. 賞析為人忽視的小說〈夢裏人〉，同時意外地揭示劉氏〈風雨篇〉與〈夢裏人〉的改寫關係。
8. 以劉氏譯作〈木匠的故事〉為例，賞析劉氏的翻譯技巧，同時整理出劉氏在小說創作上與薩洛揚小說的影響關係。
9. 懷正文化社由劉以鬯主理，是劉氏早期文化事業的重要標幟。業已絕版的《名人百態圖》性質特別而卻少人留意。此書卷首有樂漢英親撰的「敬告閱者」，當中提及「第一輯得懷正文化社主持人劉以鬯先生的贊助發刊單行本」的事實。《名人百態圖》雖非劉氏本人的作品，但此書當年經由懷正文化社出版，可為劉氏早期編輯事業補上一筆。

「初刊文本」鋪墊研究基礎

《黃絹初裁》同時嘗試凸顯「初刊文本」在研究上的價值。

研究過程中若能結合作品的「初刊文本」及「再刊文本」，通過仔細的比較與分析，可以歸納出作者的修訂意圖。廣大讀者或研究者都應在後期「再刊文本」以外，認識並重視一些較「另類」而又重要的「初刊文本」。細讀劉以鬯早期作品的初刊文本，會看到作品中折射出來的文學信息，不單有趣，而且有用。以下與大家分享兩個受益於「初刊文本」的個案。

〈淺夏〉個案：陳子善在 2018 年 10 月發表〈劉以鬯的《詩草》〉，引用劉氏的新詩〈淺夏〉，是據 1947 年《幸福世界》上的「九行版本」，但我據 1946 年《和平日報》的「初刊文本」，卻發現詩題是〈淺夏小記〉，而此詩是「十行版本」。經分析，再刊文本上所缺的一行正是全詩點題之筆，相信是再刊時無意中漏掉的。

〈七里嶴的風雨〉個案：劉氏把舊作修訂再刊，有時會作說明，例如他在《異地・異景・異情》的「前記」中說：「編選此書時，我將這十篇舊作修改或重寫。」但也有不作說明的，如《劉以鬯卷》（三聯版）中劉氏自選的作品，就沒有說明書中的作品有否經過修訂。以 1991 年經劉氏自選編入《劉以鬯卷》（三聯版）

的〈七里嶴的風雨〉為例，這篇小說 1939 年初刊時篇名是〈七里嶴高地的風雨〉，作品在半世紀後重輯入集時經劉氏大幅修改。為了把問題及修訂線索弄清楚，我嘗試以小說的段落為分割單位，在書中為讀者對排「初刊」與「再刊」兩個文本，讓讀者可以清楚看到文本的異同，並就換詞、刪削、增補、改寫、保留等角度，歸納分析，讓讀者了解作者的修訂心思。

篇幅所限，在對排「初刊」與「再刊」文本的取樣考慮上，《黃絹初裁》避免以劉氏的中長篇作品為例；但以上所舉的兩個個案，相信「舉隅」的功效已相當明顯。舉一反三：劉氏的〈地下戀〉初刊於 1945 年，並於 1948 年修訂再刊，作品易名〈露薏莎〉，劉氏的各種選集所輯刊的，多以〈露薏莎〉為定本。〈地下戀〉是〈露薏莎〉的「初刊文本」，若對比而讀，對了解劉氏創作歷程，當有幫助。又如《失去的愛情》曾由上海桐葉書屋出版成書，初版在 1948 年，是目前所知劉氏的第一部單行本小說，因此很受研究者重視；若以 1947 年《幸福世界》上的「初刊文本」作對讀，估計對了解劉氏修訂作品的種種決定，會有很大幫助。

貫徹「與眾不同」的理念

劉以鬯的創作理念是「與眾不同」，那麼，在相關的出版計劃或研究工作上，與「與眾不同」這個創作理念相對應的整理原則或分析思路，是否也該有點「與眾不同」?《黃絹初裁》嘗試以研究者較少談論的劉以鬯早期作品的初刊文本為論述對象，並在其眾多的早期作品中取樣，選出別具「事證」價值的作品，通過追跡尋源、文本對讀、分析説明及事實論證，一方面反映出事證與文學研究的密切關係，亦同時為相關研究提供可行而踏實的進路。

事實上，與文本材料有關的鈎沉工作，對整理一位作家的全集尤為重要。文學評論或研究，總離不開材料；材料齊備，評論就事半功倍。輕視文本材料，或只孤立地拿着幾個再刊文本就展開評論，雖容易成篇，但也容易出現偏差。許定銘在〈關於《劉以鬯全集》的建議〉就曾談及編刊「劉以鬯全集」的構想：

> 我希望這套將面世的《劉以鬯全集》，是套真真正正的「全集」而不是「選集」。過去有些嚴肅文學作家在出版全集時，往往故意漏掉某些不滿意的作品，又有些喜歡把處女集定於成名後的某部作品，而蓄意把以前學習寫作時期的習作刪掉，使人覺得作家是位天才，所有作品皆有很高水平，讓人看不到污點及學習痕跡。

其意見值得重視。對了解劉以鬯的創作心路歷程，一些跡近被作者本人或研究者遺忘的文本材料，在「補遺」的意義外，更別具研究與分析的學術價值，這都是研究者不應忽略的。

按：

1. 本文發表於《城市文藝》2020年6月第106期，經修訂後輯入本書。原題有「獻曝微溫」四字，今刪。
2. 朱少璋著：《黃絹初裁——劉以鬯早期文學作品事證》（香港：匯智出版，2020）。

劉以鬯作品整理摭談

為劉以鬯研究添磚

聽聞內地會出版一套多卷本的劉以鬯全集，萬分期待，但編刊工程相當浩大，未知能否在短期內成事。2020年筆者暫據個人蒐集所得，以「劉以鬯早期文學作品事證」為專題，寫成了《黃絹初裁——劉以鬯早期文學作品事證》；小書一部，希望能為將要陸續開展的劉以鬯研究添磚。

此書以二十二篇別具事證價值的劉氏早期文學作品為討論中心，這些材料既可視為劉氏漫長創作歷程的近源座標，復能較具體或較全面地展示劉氏在詩歌、散文、小說、翻譯各方面的早慧丰姿。成書過程中，筆者深深體會到整理、處理劉氏作品的困難。下面以個人撰寫《黃絹初裁》的粗淺經驗為例，談談整理、處理劉氏作品的五個「難點」。

難點一：分時期之難

研究者多以地域劃分劉氏的三個創作階段，如鄭政恆〈劉以鬯一百歲〉：「簡單來説，劉以鬯經歷了中國大陸時期、南洋時期和香港時期，而最重要是香港時期。」如此一來，分期既有客觀標準，為何説「難」呢？其實，難點具體反映在個別作品的繫年問題上。

例如〈花匠〉在 2010 年輯入了《熱帶風雨》。《熱帶風雨》收錄了五十多篇小說，編者聲稱是五十年代劉氏「南洋時期」以「新馬」為背景的作品；但〈花匠〉卻是誤輯入集的作品，這篇小說實初刊於 1947 年的《人人周報（上海）》，當時劉氏尚未離開大陸。就作品分期而言，〈花匠〉是劉氏「大陸時期」的作品，並不是「南洋時期」的作品。至於〈花匠〉有否在劉氏「南洋時期」重刊過，則限於未見相關材料，未敢遽下定論，但〈花匠〉即使在南洋重刊過，在討論時若以此作為例說明劉氏南洋時期作品的某些特點，則有欠穩妥。劉以鬯是多產的作家，又曾經在大陸、南洋及香港寫作，相信類似〈花匠〉在繫年、分期上的混淆或錯置的情況，所在多有。

難點二：尋初刊之難

「初刊文本」的鈎沉工作對整理一位作家的全集尤為重要，作品鈎沉的工作需要有步驟有計劃地進行，才有成果。例如陳子善在〈劉以鬯的《詩草》〉中談到劉氏發表於 1947 年《幸福世界》的一輯新詩，為讀者展示了罕見的材料，十分難得。陳氏還賞析了部分詩作，如〈淺夏〉：「此詩寫初夏雨夜，情景交融，詩句工整，而第二天雨過天晴，『屋外太陽的手指』、『正在撥弄汩汩江水』，多麼生動形象，又多麼出人意表，同樣是一首意象奇特的好詩。」小說家的新詩，將來都一定要編進全集中去的。但陳氏在分析時卻忽略了〈淺夏〉發表於 1946 年《和平日報》上的初刊文本（詩題是〈淺夏小記〉）。初刊文本除了在個別措詞上與再刊文本略異，還比再刊文本多出了一句「淺夏送來一份寥落」，有了這一句，全詩顯得更切題、更完整；讀者若只以重刊文本為據作分析，恐怕不得要領。而這首初刊的〈淺夏小記〉與再刊的〈淺夏〉，他日在編入全集時，又到底應以哪一種方式向讀者展示？是兩作並列？還是以校記交代異文？又或者只刊其一？

有經驗的讀者或研究者都知道，書籍的初版信息可以根據原書的版權頁或牌記確認，起碼有個記錄，有個根據。但在刊物上發表的文章到底是否「初刊」則較難百分百確認。雖說作者一般不會再刊同一個作品，但也會有例外的個案，不能一概而論。比如劉氏在1945年的《文藝先鋒》上發表的〈地下戀〉，這篇小說後來易名為〈露薏莎〉並略作修訂，分兩期在1948年的《幸福世界》上再刊。那是說，〈露薏莎〉（或〈地下戀〉）在成書前，就曾在兩份刊物上發表過。若按「初刊」的原則及定義，1945年的〈地下戀〉較1948年的〈露薏莎〉發表日期要早，因此1945年的〈地下戀〉就是「初刊文本」。可是，將來會否發現另一個比〈地下戀〉更早發表的文本呢？這不能說絕對沒有可能——未發現不等如沒有——上文說「在刊物上發表的文章到底是否『初刊』則較難百分百確認」，就是這個意思。正如上文所說，他日在編刊全集時，〈露薏莎〉和〈地下戀〉兩個大同小異的文本，到底應以哪一種方式向讀者展示？是兩作並列？還是以校記交代異文？又或者只刊其一？

難點三：辨改寫之難

「改寫作品」可視為劉以鬯創作特色之一。這裏說的「改寫作品」，意思是作者改寫自己的作品，使之變成另一個文本。

劉以鬯在《劉以鬯卷》(三聯版)的自序中曾談及個人創作中的「改寫」個案，他提及〈對倒〉和〈蟑螂〉:〈對倒〉(《四季》版)是長篇改短篇的例子；〈蟑螂〉是長篇改中篇、中篇改短篇的例子。像這些「改寫」個案若經劉氏本人證實，研究者在整理材料時總有個根據，但劉氏沒有提及的「改寫」作品，相信尚有不少，研究者必須在這方面多加注意。例如論者向來都視〈風雨篇〉為一個完整的獨立文本，但卻沒有留意到〈風雨篇〉與〈夢裏人〉的改寫關係。〈夢裏人〉(初刊於1947年)在〈風雨篇〉(初刊於1946年)的基礎上多出了近三千字，是由微型小說改寫成短篇小說的例子，事涉「擴寫」、「增補」，在劉氏創作活動中，是頗具特色而又成功的創作試驗。可惜一直以來〈夢裏人〉都給讀者遺忘了，連劉氏本人都好像忘記了這篇小說。像這些重要而具研究價值的改寫線索，尋索維艱，但必須細心又耐心地去做，才能較全面地回復劉氏創作的面貌。

難點四：求全整之難

許定銘曾在〈關於《劉以鬯全集》的建議〉中談及編刊「劉以鬯全集」的構想:「我希望這套將面世的《劉以鬯全集》，是套真真正正的『全集』而不是『選集』。過去有些嚴肅文學作家在出版全集時，往往故意漏掉某些不滿意的作品，又有些喜歡把處女集定於成名後的某部作品，而蓄意把以前學習寫作時期的習作刪掉(……)。」其意見值得肯定，筆者就找到劉氏十三歲時發表的散文(〈默念〉)、十五歲時發表的小說(〈乾魚〉)，以及十六歲時發表的徵文參賽作品(〈荒後〉)。這幾篇「少作」固然稚嫩，但卻有力而具體地展示了劉氏學生時期的創作風貌，是劉氏早期創作的重要材料。討論或分析時固然不應繞過這些「少作」，編刊全集時更應盡可能把這些「少作」都編進書中去。

有關「求全整」，尚有一個難點要提出，就是由劉氏撰寫的一些「非文學」作品，到底是兼收並蓄，都收進「全集」中去？還是把「非文學」作品都擯於集外呢？文學作品泛指詩歌、散文、小說、劇本、翻譯，這些作品相信都肯定會收入全集。但非文學篇章又該如何處理？比如筆者在1940年《中美周刊》讀到一篇署名「同繹」的長文〈傘兵戰略與國際公法之探討〉，此文屬於非文藝作品的軍事評論。又如1945年《光》的「星座」欄目下，有署名由「劉同繹」或「劉同繹、陶啟湘」選輯的列國趣聞與掌故，但由於署名下說明是「選輯」，而原文內容則是選輯者過錄或摘抄的材料，性質上肯定不符文學作品的標準。復如劉氏在辦報時為某些欄目撰寫「編者話」一類的短文或按語，由劉氏主理編務的《和平日報》上就有不少與「編者贅言」相類的材料，從廣義上說，這些短文可以算是散文中的「雜文」嗎？這一切一切，都有待各專家作深入的討論，但無論是取是捨，都肯定極花心思。

難點五：證事實之難

劉氏生前通過撰文或接受訪問，都直接或間接談及個人的創作歷程。作者現身說法，所提供的信息固然是研究劉氏的重要材料，研究者向來都重視。但基於種種原因，作者的說法也可能有失實之處，研究者必須細心查證，確認事實，才好引用。

如 1980 年《開卷月刊》雜誌訪問劉以鬯，直接就「發表起點」問過劉氏，劉氏的回答是：「我第一篇小說是在讀初中時寫的，登在朱旭華先生編的《人生畫報》上，寫得很幼稚。」九十年代劉氏在《劉以鬯卷》（三聯版）的自序中再一次清楚地確認〈流亡的安娜・芙洛斯基〉的「最早」身分，強調這是「最早的短篇小說」。易明善在《劉以鬯傳》中即據劉氏的說法，說〈流亡的安娜・芙洛斯基〉是「劉以鬯在報刊上發表的第一篇小說」。經劉氏自述而復經易明善在《劉以鬯傳》中的轉述，視 1936 年初刊的〈流亡的安娜・芙洛斯基〉為劉氏短篇小說的「發表起點」幾乎已成定調。

查〈流亡的安娜・芙洛斯基〉刊載於 1936 年 5 月《人生畫報》，而劉氏另一篇鮮有論者（包括劉氏本人）提及的短篇小說〈他們的結局〉則分兩期發表於 1936 年 2 月、3 月的《時代知識》上。那是說，〈他們的結局〉初刊較〈流亡的安娜・芙洛斯基〉早兩至三個月。據此，若說劉氏發表的第一篇短篇小說是〈流亡的安娜・芙洛斯基〉，說法並不符合客觀事實。

又如劉氏在 2015 年為《劉以鬯文集》（未刊）寫的〈致讀者〉中，有「我十八歲始發習作」的話（《城市文藝》第 96 期），類似的說法還見諸劉氏其他文章，而論者亦多以劉氏的說法為據。但事實上，筆者目下找得到的劉氏早期作品中，散文〈默念〉發表於 1932 年，當時作者只有十三歲；小說〈乾魚〉則發表在 1934 年，當時作者是十五歲——可證劉氏「我十八歲始發習作」的說法，與事實並不相符。

劉氏為何會忽略〈他們的結局〉、〈默念〉及〈乾魚〉呢？是忘記？還是另有原因？這是研究者可以深入探討的有趣課題。

結語

劉以鬯的創作理念是「與眾不同」，那麼，有關劉氏的作品整理計劃或研究工作，是否也該有點「與眾不同」？期待各專家深思、跟進——為將要陸續開展的「劉以鬯研究」，做好準備。相信本文提及的種種具體問題，可以讓我們更清楚知道與劉以鬯相關的研究到底要克服哪些困難。有了這些困難作為明確的標幟，研究者只要「知難而進」，假以時日，相關的整理或研究成果，必然豐碩。

按：

1. 本文發表於《香港文學》2020年6月第426期，經修訂後輯入本書。原題有「知難而進」四字，今刪。
2. 由梅子主編的《劉以鬯文集》已於2024年出版。文集全12卷，共計468萬字，包含長篇小說10部，中篇小說17部，故事新編17篇，短篇小說84篇，微型小說93篇，散文38篇，詩歌25首，評論、講演錄、序跋147篇。

附錄

講事實，求真相：《黃絹初裁——劉以鬯早期文學作品事證》

鄭政恆

一收到朱少璋新作《黃絹初裁——劉以鬯早期文學作品事證》，我就不禁想，關於劉以鬯先生的文學作品，還有不少討論空間，面前就是新一本專門著作了。

作家及評論人朱少璋，近年尋索和整理文學歷史資料，用功甚勤，他編彙的《沈燕謀日記節鈔及其他》、《井邊重會——唐滌生《白兔會》賞析》、《香如故——南海十三郎戲曲片羽》、《艤舟集——周棄子渡海前詩文百篇》、《海上生明月——侯汝華詩文輯存》等書，都是竭力鉤沉的出版成果，成績斐然，教人拍掌稱善。

《黃絹初裁》是一部評論集，而且標示以「事證」為研究方法。

據朱少璋在緒言所說，「事證」一語，啟發自史學大家岑仲勉〈補《白集源流》事證數則〉一文。「事證」即「以事證之」的意思，這是歷史研究的基本方法，講求「以客觀材料作為一種真實、確鑿、典型的事實論據，直接讓材料發揮證明的能力。『事證』是利用優質的客觀材料，據之或建立新說，或修正舊說，或補充成說，包含使用客觀事實論據進行論證的意思」。

用劉以鬯的方法評論劉以鬯

「事證」講「事實」，以真實證明，當然重視客觀材料，在文學研究中就要拿出文學材料來做論證，而我從朱少璋上引的一番話，就想到：這不就是劉以鬯的評論方法嗎？換言之，朱少璋正是用劉以鬯的評論方法，來評論劉以鬯。

翻開劉以鬯的評論集《暢談香港文學》，他在〈香港新文藝始於何時〉一文說：「寫史，必須到『過去』裏尋找歷史足迹，找得到，詳察審辨，使所記所述能夠符合事實；找不到或者找到後不加審察，所記所述，難免以黑為白、以非為是。」這也是「事證」所追求的事實真相。

過去的成說是，「香港新文壇的第一燕」《伴侶》問世之前，香港沒有新文藝。但劉以鬯從灣仔舊書鋪購得的 1927 年《仙宮》一書，證明比 1928 年《伴侶》早幾個月之前，香港已有新文藝，又隨着學者袁良駿挖出 1924 年的《英華青年》，成說不斷推翻、補充和更新，這正是「事證」所追求的目標之一。

劉以鬯重視「事證」，多年前有人質疑香港有沒有文學，劉以鬯寫下〈有人說香港沒有文學〉，以大量「事證」，表明香港當然有文學，而且十分多。修正舊說（甚至胡說），這正是「事證」所追求的目標之二。〈端木蕻良在香港的文學活動〉、〈三十年來香港與臺灣在文學上的相互聯繫〉、〈我所知道的十三妹〉、〈呂壽琨為《酒徒》設計的封面〉、〈力匡的原名〉、〈蕭紅的《馬伯樂》續稿〉諸文，都提到不少香港文學資料，而且往往提出被遺忘的證據與材料，以此建立新說，這正是「事證」所追求的目標之三。

簡言之，朱少璋以「事證」一法評論劉以鬯，而劉以鬯本人的評論正好重視「事證」。

地域劃分還是時段劃分

《黃絹初裁——劉以鬯早期文學作品事證》的副標題，說明這本書的焦點是「早期文學作品」，拙文〈劉以鬯一百歲〉曾刊於《明報》副刊世紀版，提出中國大陸時期、南洋時期和香港時期三期，拙文是以地域劃分。《黃絹初裁》提出早、中、晚三期，是以時段劃分。

作為書名甚至內容行文，我十分同意朱少璋以早期文學作品標示，這樣寫確實是簡單明白。然而我們細心推敲，早、中、晚三期的分法，又未必容易全面應用。例如，劉以鬯中期和晚期作品的分界線在哪一年呢，似乎還需釐定。又例如，《黃絹初裁》論小說〈花匠〉，就申明這「並非南洋時期的作品」，如以時段三分法，就當標示為中期，而非南洋時期。

一葉知秋，我們全面討論劉以鬯的文學作品時，暫時還是以地域劃分三期，大概相對有效。

劉以鬯的創作與譯作

我們進入《黃絹初裁》的內文，可見朱少璋找到不少劉以鬯早期文學作品，廣及詩歌、散文、小說和譯作四種。各種文類，皆有「事證」：朱少璋鈎沉劉以鬯早期發表在《幸福世界》與《和平日報》的新詩。劉以鬯的早期散文已見上海新感覺派作家穆時英的影響，而且寫過農村題材的散文。

畢竟，小說才是劉以鬯的強項，相關「事證」尤其多，佔了全書篇幅約莫一半。比較重要的「事證」，是朱少璋證明出〈他們的結局〉比〈流亡的安娜‧芙洛斯基〉更早發表，而〈流亡的安娜‧芙洛斯基〉往往被視為劉以鬯發表的第一篇短篇小說，朱少璋找到更早發表的〈他們的結局〉，更新了舊說，也補充了成說。

譯作方面，朱少璋提出一些埋沒了的資料，令人耳目一新，包括了劉以鬯曾經在 1969 至 1970 年間的《工商晚報》，翻譯出荷蘭漢學家高羅佩（Robert Hans van Gulik）《大唐狄公案》（Judge Dee Mystery）的《晨猴》、《廣州謀殺案》及《朝雲觀之鬼》，據我推敲，以上三個小說可能是 The Morning of the Monkey、Murder in Canton、The Haunted Monastery 三冊。我期待將來有出版社願意印出單行本，方便閱覽。

朱少璋又找到劉以鬯譯美國作家薩洛揚（William Saroyan）的小說〈木匠的故事〉（The Story of a Carpenter），還附有賞析，朱少璋稱許劉以鬯的省略，但我卻嫌譯文過於省略，忽略了口頭傳說的背景和中心主題。這當然是見仁見智，朱少璋已在書中平行列出完整原文和譯文，讀者自可定奪。

為謀生而寫的商品化小說

由於《黃絹初裁》一書講求事實，恕我在此雞蛋裏挑骨頭，點出書中第 94 頁一處錯誤：「據作者說，他曾把《寺內》的一個部分改寫成中篇作品〈蟑螂〉，再把〈蟑螂〉由中篇改為短篇。」這一句恐怕是張冠李戴，參照事實（可見第 118 頁的引文），劉以鬯曾經將刊載於 1965 至 1966 年間《新生晚報》的〈有趣的事情〉，改寫成中篇作品，刊於臺灣幼獅文化出版的小說集《寺內》，後來收於《劉以鬯卷》的是再刪減的短篇小說版本。

瑕不掩瑜，點出這一微不足道的小錯，除了因為短篇版本的〈蟑螂〉是值得重視的劉以鬯佳作外，〈蟑螂〉的不同版本也正好說明，一些劉以鬯的連載小說，是為謀生而寫（這無可厚非），而且每日要生產大量文字，一邊趕寫，一邊發表，時而難免粗製濫造。

當我看到朱少璋在結語中說「『初刊文本』的鈎沉工作對編輯一位作家的全集尤為重要」，想到如果要出版劉以鬯的全集，恐怕就有甚多商品化的小說入集。這對劉以鬯的藝術成就甚至評價，恐怕是有害而無益。如今小說商品化的現象還在，但報紙副刊已甚少刊登小說，一般讀者閱讀小說的習慣，相信集中於看文學雜誌和書本（當然還有手機）。

《黃絹初裁》一書，以「事證」為中心，可算是「資料派」的研究專著，這一派有悠久和堅實的傳統，聲勢似更勝「文化研究派」。那麼，為什麼要如此重視「事證」呢？大概是因為用嚴謹的態度，才可調查出事實真相，有全面的事實真相，才有恆久的說服力。

按：

本文原刊《明報》世紀版，2020 年 6 月 6 日，蒙鄭政恒先生允許轉載，特此鳴謝。

十八歲的劉以鬯寫劇本故事

校刊中的文學史料

謝泳在《中國現代文學史料的搜集與應用》中提出「中國現代文學的發生與中國現代教育制度有很密切的關係」，說法甚具參考價值。正因如此，後人在舊校刊中就有可能找到一些重要的文學史料。謝氏在書中以張愛玲、曹禺、穆旦等作家曾在校刊發表作品為例，說明校刊與文學史料的微妙關係。誠然，見諸校刊的作品都是作家的「少作」，但作為研究一位作家的背景材料，這些尚未成熟的作品還是很有鈎沉發掘、整理公開的必要。

筆者一向關注劉以鬯來港前的早期創作活動，2020 年利用個人搜集的材料寫成《黃絹初裁——劉以鬯早期文學作品事證》後，續有發現。下文為讀者介紹幾則在舊校刊中發現的劉以鬯早期作品，以補充拙著之不足。

劉以鬯曾任「特刊」編輯

1937 年，十八歲的劉以鬯就讀於上海大同大學附屬中學；時值大同大學二十五週年校慶，籌辦遊藝節目。校慶活動由籌備會負責，籌備會由總務、文書、會計、庶務、出版、遊藝、交際及糾察八個單位組成，各司其職。校慶刊物《大同大學二十五週紀念特刊》在1937年3月19日出版，劉以鬯正是特刊的其中一位編輯。

該特刊的總編輯是王制剛，另編輯四人：劉以鬯（筆者按：在學時名字是「劉同繹」）、程淡志、汪惇、張惠英。特刊凡六十四頁，非賣品，發行者為「廿五週慶祝籌備會」，出版者為「廿五週慶祝籌備會出版股」，印刷者為「競新印刷所」。特刊收錄師生提供的圖文凡四十餘項。刊物的主要部分是校方提供的文章，或詳述院校歷史，或匯報歷屆師生數目。學生供稿則分為文叢、學生課外活動、花絮及遊藝四個欄目，俱置卷末。「遊藝」一欄除了詳列遊藝會當日各項節目外，還收錄了五則由劉以鬯執筆的短文。這合共約二千四百餘字的文字材料，包括一則性質類近於「編者的話」的「卷首語」，以及四則署「同繹」為作者的「劇本故事」。劉以鬯在「遊藝」一欄提及這幾則「劇本故事」的由來：

> 替劇本寫故事，就夠忙的開交。劇本經各方通過了；劇本給經濟阻止了；不知到得那一時，決定不演的劇本又在演員們的口齒裏露流出來了。於是寫下大半的故事，便只好吁嘘一聲，丟進抽屜。陡然，丟了的因為種種關係又須接完它（……）。

據此可知，幾齣本來安排在遊藝會上搬演的話劇因「經濟」問題不能上演，劉以鬯「替劇本寫故事」的工作也因而擱下。後來大概是問題得到了解決，幾齣話劇可以如期上演，劉氏於是把幾則劇本故事續寫完，並刊登在特刊上。

劉以鬯的「劇本故事」

翻查特刊，遊藝會安排上演五齣話劇：日演《仁丹鬍子》、《可憐的沙菲》；夜演《捉漢奸》、《最後一課》及《鹹魚主義》。除了《可憐的沙菲》，其餘四齣話劇都有劉氏撰寫的「劇本故事」。

經查考：《仁丹鬍子》、《捉漢奸》是塞克（即陳凝秋）的作品；《最後一課》是許幸之的作品；《鹹魚主義》則是由洪深執筆的集體創作（尤兢、沈起予、洪深、淩鶴、章泯、張庚）。四齣都是以抗日抗戰為主題的話劇。「替劇本寫故事」原意相信是讓觀眾了解劇情，但劉氏卻說：

> 然而究竟完成了自己的使命沒有？實在慚愧的很，那些良好的作品，全給我一手抹殺了！砍壞了！於原作的出入一定很多（……）。

這在在說明劉氏的「劇本故事」跟一般強調實用功能、要求準確交代劇情的撮要不盡相同，下面舉一些片段為例：

> 賣藥的蹺起仁丹鬍，八字步正恰分度（……）惹的大家好奇匯集，瞧回熱烘，瞻仰瞻仰這位體面陌生客，剖的哪樣悶葫蘆。（《仁丹鬍子》）

> 禍水喧隧下，漢奸替着鬼子吹揚王道文化底時節，是老鼠眼小六他們一群天真未鑿的滔伴，在某處大場上，佻達嚷唱；蹤蹦且撇掌。誰也不含糊；誰也悉得漢奸是壞良心的傢伙，給外國爸爸磕頭，專跟咱中國搗他鳥的蛋。（《捉漢奸》）

課堂裏；嚁嘷嘩笑，驀然地；劉老師蹌踉行來，空氣頓即恬謐，就存一根嗄沉的嗓喉，在顫悸底迴遶，說道:「（……）昨天忽然接到冀東政府新教育廳的命令，限我二十四小時內，離開香河縣城（……）」賽過晴天霹靂。（《最後一課》）

是一間典型的「經濟人家」底典型廚房！在上海這市區內，準可以成千成萬找出來。所不同的就是滿房燻粘着的腌臢氣息——濃厚的鹹魚味。其實乾脆點說，那簡直是「鹹魚底世界」，到處全是：桌上；盤裏；廚裏；掛在釘頭；晾在鉤上；飯鑊油鍋裏；甚至連燉着的也是鹹魚豆腐湯。說也駭異，如是奇事，卻由那位聰明底陳先生，一手幹成。（《鹹魚主義》）

劉氏的「劇本故事」並非以說明或轉述劇情為主，行文措詞用語頗具文藝氣息；短文中又自然地穿插原劇本的一些內容或對白。「劇本故事」描寫、記敘、抒情兼而有之，讀者頗有閱讀微型小說的感覺。

劉氏三十年代寫作活動補遺

劉氏早在三十年代已開始創作、發表，綜合劉氏的回憶及《黃絹初裁——劉以鬯早期文學作品事證》考證所得，劉氏最早發表的作品是1932年的〈默念〉（當時十三歲），1933年加入「無名文學會」，1934年發表〈乾魚〉，1935年小說〈荒後〉獲獎，1936年發表〈他們的結局〉〈流亡的安娜·芙洛斯基〉〈農邨之春〉

〈北國里〉，1938 年發表〈冬吟〉，1939 年發表〈酒之獻〉〈七里嶴高地的風雨〉，1940 年發表〈小丑〉。而新發現劉氏在 1937 年《大同大學二十五週紀念特刊》上這幾則體裁特別的「劇本故事」，正好能為劉氏三十年代的寫作活動補上一點材料。

按：

本文發表於《明報》世紀版，2022 年 6 月 8 日，經修訂後輯入本書。原題「十八歲的劉以鬯替劇本寫故事」，今改為「十八歲的劉以鬯寫劇本故事」。

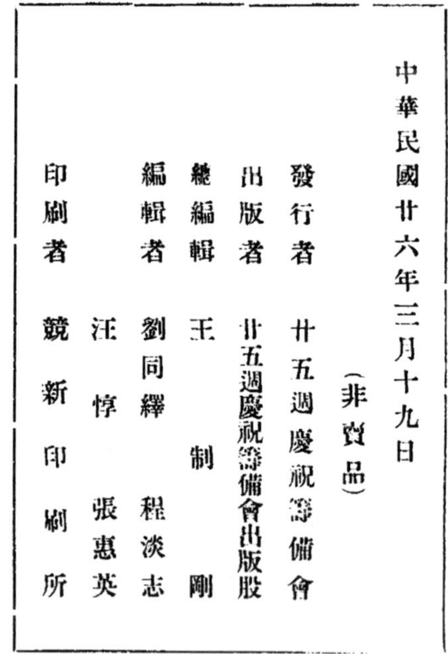

中華民國廿六年三月十九日

（非賣品）

發行者　廿五週慶祝籌備會

出版者　廿五週慶祝籌備會出版股

總編輯　王制剛

編輯者　劉同繹　程淡志

汪惇　張惠英

印刷者　競新印刷所

1937 年《大同大學二十五週紀念特刊》
編輯者之一的「劉同繹」即劉以鬯

沈燕謀日記及相關材料

行素堂空燕子歸，年年春暮逐花飛。
縹緗散盡天南老，獨對庭前柳十圍。

新亞因緣

八十年代我在農圃道新亞研究所讀書，專注研究民國詩僧蘇曼殊，翻閱材料時在《曼殊全集》讀到一些提及「沈燕謀」的筆記及信札，曼殊說沈燕謀是「方正之士」。後來讀到《曼殊大師傳補遺》中羅孝明與沈燕謀聯絡的信函，才知道這位「方正之士」原來既是新亞書院校董之一，又是新亞書院圖書館的館長——沈燕謀，一時間遠在民國，一下子又近在香港；感覺真是既陌生、又親切。

沈燕謀（1891-1971），原名翼孫，又名一梅，小名「蘭」，字繩祖，號南邨，祖籍南通縣姜竈港，為著名藏書家、文化人、教育家。祖父沈燮均（敬夫）經營布匹生意，1895 年得到國子監深造的資格。先生與狀元張謇交情極深，共倡「實業救國」，身體力行，合力創辦大生紗廠。父親沈書升，好讀書，為人低調，不求聞達。

先生曾入讀上海南洋中學（1906）、中國公學（1907）及蘇州英文學校（1908-1910）。1910 年自費遊美，入威斯康辛大學學習化學。1912 年 7 月回國，任安徽高等學校教員。1913 年與蘇曼殊合編《漢英字典》。1914年再赴美學習，仍入威斯康辛大學。1916年得學士學位，為科學會及美國化學會會員，同年8月回國。歷任大生紡織公司董事、南通紡織學校校長及南通師範學校校董，既辦實業，又辦教育。1939年南通中學因經費問題面臨停辦，先生私人出資承擔辦學費用，並任校長至1940年，對鄉邦教育事業，出資出力，時人稱許。先生雅好藏書，對古籍版本認識極深。南通沈氏「行素堂」所藏珍籍，至豐至精，可惜自先生南下香港，行素堂藏書管理乏人，珍籍陸續散出，難復舊觀。

與錢穆先生亦師亦友

1949年先生南下，自此定居於香港，於居港期間結識錢穆先生，佩服其學問、認同其抱負，雖年長於錢先生，但仍恭執弟子之禮。錢沈二先生，亦師亦友，惺惺相惜，在教育推廣及文化承傳的工作上，相互扶持，在艱難中奮進。新亞書院遷址農圃道，由選址、申請、設計以至啟辦，先生出力至多。任新亞書院校董暨圖書館館長，盡力為書院之發展出謀畫策，為館方搜購書籍。香港中文大學由籌辦到正式成立，先生積極參與其事，貢獻良多。先生為人作風低調，言行謹慎，行事踏實，錢穆先生說沈先生「對新亞有其具體不朽之成績」，唐君毅先生說「沈先生之為學、為人，可為我們後死之人之模範」，推重讚許，均符事實。

我在整理《大成》雜誌目錄的過程中，得悉雜誌曾連載〈南邨日記摘錄〉合共數十萬字，連載完整。「南邨」就是沈先生的別號，在雜誌上連載的內容都經其外甥朱振聲「摘錄」，日記凡千餘則、約四十餘萬字，當中包含極多掌故及珍貴文化信息，尤其記錄了新亞書院及香港中文大學創校早期的事跡；又以交遊關係，日記中提及文化名人軼事甚多（如張謇、蘇曼殊、汪精衛、胡適、張大千、唐君毅、錢穆）。這數十萬字的材料倘經細心整理校訂，出版成書，相信廣大讀者都有得益，是極有意義的事。出版的計劃定了下來，我便嘗試着手聯絡沈先生的後人，希望能在沈家後人處獲得更多相關的材料，把書編得完整些；略經轉折，得與沈燕謀先生文孫沈同華先生聯絡上。沈同華先生對出版計劃十分支持，除了提供珍貴照片及沈氏宗枝的材料，還撰寫一篇長文——〈追尋祖父沈燕謀學無止境的足跡〉——縷述沈老先生的生平、人格、事業與成就，此文業已以「代序」形式置於《沈燕謀日記節鈔及其他》之卷首，讀者可以細讀。

日記節鈔與圖文材料

2020 年 2 月出版的《沈燕謀日記節鈔及其他》，顧名思義，全書由「日記」及「其他」兩大部分組成。

「日記」是全書的主體部分，內容采輯自《大成》雜誌上連載的〈南邨日記摘錄〉，包含 1947 年至 1971 年的日記摘錄，我在整理時除了作必要的校訂、補充外，還把這批日記按年份分為四輯，即四十年代日記、五十年代日記、六十年代日記及七十年代日記。當中以五六十年代的日記數量較多，內容亦最為詳贍。

「其他」部分包括三個分項，即「文字材料」、「圖片材料」及「生平材料」。「文字材料」收錄十五篇沈先生的作品，部分手寫字體材料已清繕過錄，標點斷句，方便讀者參考。「圖片材料」主要收錄圖片，包括與先生直接相關的人物照片、手跡照片、印蜕照片。圖輯中大部分沈家家族成員的照片，都由沈同華先生提供並允許轉載。這批照片素質高、清晰，能直接而較全面地展示先生的祖輩、父輩、平輩及後輩的音容笑貌。這數十張相片有家庭成員的合照和個人照。攝於不同年代的合照，都由沈同華先生確認相片中各人的身分，盡量為讀者提供準確的人名、輩分以及拍照的地點。至於先生攝於不同年代的多張個人照片，按時序排刊，儼然時光溯流，讀者讀之，印象倍深。「生平材料」主要匯輯與先生生平相關的材料。當中有剪報、書信；有《遊美同學錄》的留學生記錄；有錢穆先生、唐君毅先生的悼念文字；有張凝文為沈先生撰寫的小傳。

活於斯、老於斯、終於斯

沈燕謀先生自上世紀五十年代到香港，自此完全融入香港，並以其所學、所長，為香港作出貢獻。先生雖非生於斯、長於斯，卻是實實在在地活於斯、老於斯、終於斯。他為香港早期的大專教育出過力，在人力物力都不足的情況下，與錢穆先生等有識之士，擔負起承傳文化、發揚文化的重責。如此一位前輩，在教育界、文化界都是有份量的人物，我們不應忘記他對香港的貢獻，也不應忽略他的著述。

按：

1. 本文發表於載《新亞生活》，2020 年 4 月，經修訂後輯入本書。
2. 朱少璋編訂：《沈燕謀日記節鈔及其他》（香港：中華書局，2020）

沈燕謀日記的「別趣」

一

新亞研究所首屆碩士畢業生柯榮欣，在〈哭沈燕謀丈〉中推許沈老先生深厚的學養，說老先生不止博學，而且記憶力很強：

> 燕丈的記憶力是我生平師友中從未見過的，直到八十歲還能背出十三經的一半左右。甚至《尚書》與《爾雅》也能脱口而出。記得他在聽中國歷史課時，錢穆先生有時忘了一段書或人名書名等，往往回頭望一下燕丈，燕丈則每次必能為之補充：「先生，恐怕是如此如此吧！」因此，我嘗戲呼之為「拾遺」。

老先生雖然博學，卻不輕易著書立說，悼文說他早年在上海時曾為《三國志》作補註，但始終不肯出版。老先生逝世前一個月，還對柯氏說自己的工夫比不上許多先聖先賢，對著書一事始終採取「不如藏拙」的態度。老先生雖然不輕著書，晚年卻表示同意刊印、發表自己的日記。悼文說：

> 燕丈五十年來，每天必記日記，我曾有緣看到幾頁，有些像李越縵的體裁。半年前，燕丈自己覺得身體衰老，曾在一次長談中，示意我將來為他整理刊印。這可能是燕丈唯一願意發表的身後遺著了。

為着種種原因，柯氏到底沒有完成老先生發表日記的遺願。直到老先生逝世後七年，這批日記才由他的外甥朱振聲摘錄整理，安排在《大成》上連載。而我則在老先生逝世差不多半個世紀後（2020年），在朱振聲日記摘錄的基礎上，匯集其他相關的圖文材料，編成了《沈燕謀日記節鈔及其他》，正式成書出版。老先生的遺願，半世紀以來轉轉折折，卻不無巧合地，最終由兩個都姓「朱」的後輩先後在不同年代代為完成；這一切一切，相信都可算得上是「文字因緣」。

二

沈燕謀（1891-1971），原名翼孫，又名一梅，小名「蘭」，字繩祖，號南邨，祖籍南通縣姜竈港，為著名藏書家、文化人、教育家。老先生早歲赴美國威斯康辛大學攻讀化學，學成歸國後在故鄉南通協助張謇興辦實業和教育，曾任上海私立通州中學校長。1949年老先生南下香港，並於新亞書院認識錢穆先生。五十年代，新亞書院計劃在九龍農圃道新建校舍，沈老先生即負責主理建校之事，後歷任新亞書院校董及圖書館館長，對書院貢獻良多。

《沈燕謀日記節鈔及其他》的主體部分是「日記」，這批日記凡千餘則、四十餘萬字，上起1947年下至1971年，我在整理時除了作必要的校訂、補充外，還把這批日記按年份分為四輯，當中以五六十年代的日記數量較多，亦最為詳贍，當中包含極多掌故及珍貴文化信息，尤其記錄了新亞書院及香港中文大學創校早期的事跡；又以交遊關係，日記中提及張謇、蘇曼殊、胡適、張大千、曾克耑、唐君毅、錢穆等文化名人的軼事甚多。

三

談到日記的價值，一定離不開史料價值。史料就是可據以研究或討論歷史的材料。史料的形式非常廣泛，也極為多樣，但無論如何，日記多寫於接近或直接在歷史發生之當時，價值不容忽視。以《中國近現代稀見史料叢刊》第四輯為例，叢刊所收錄的十二種「史料」中，就有九種日記，可見日記是「存史存真」的重要記錄。日記材料經讀者理性參考、客觀理解以及多元對讀，就能有效地發揮作用。日記的材料並不一定枯燥乏味，我在老先生的日記中讀到一些與「擺烏龍」有關的材料，十分有趣，其中令人印象深刻的，是唐君毅先生「擺烏龍」的幾個片段：

> （……）書於既發以後，君毅自忘其曾否貼有郵票，則作書寄郵政局局長，附寄一張航空郵票，屬其檢貼，毋任原書之退還，一也。

唐先生「作書寄郵政局局長」的做法真是一廂情願，既好笑又於事無補，但卻滿有魏晉名士之風。唐先生的「烏龍」事陸續有來：

> 王生明一去年赴美，入華盛頓州立大學，君毅有要件，屬王生轉大學校長 Taylor ，為慎重計，親往掛號，王生得書，啟之則空無所有，二也。

這完全是可與《西樓記》空書投柬並看的「情節」。類似的糊塗事，看來不少，沈老先生在日記中說：

> 唐夫人所述只此，以意度之，決不止此。相傳牛頓於實驗時，特備雞子麵包為鼓腹計，方聚精會神時，舉時表投沸水中，以為雞子也，良久乃覺，則已無及。

老先生以牛頓相類似的軼事為唐先生的「烏龍」行為解嘲，還說「唐君舉動，大類牛頓，用志不分，乃凝於神，哲人行動，如是如是」，相信與唐先生有交往的師友，都有同感。我聽說唐先生遷居後，竟忘記新居地址，外出後竟不知怎樣回家。看來唐先生的「烏龍」事，真的如日記所言：「決不止此。」老先生在日記中也記下一些個人的「烏龍」事：

> 高伯雨聞余有西文扶海先生傳記，請借一觀，今日午後，取架上書渡海，意在晤談。因誤記其住處為希慎道，既至，則盡希慎道無此號，徘徊良久（……）。

卻原來是老先生誤記了街道名稱，高氏寓所在「希雲街」，而非「希慎道」；一字之差，自然找不到高氏的寓所了。其他如日記中一些零碎記錄，亦頗有意思：

> 全校教職員聚餐於校園，用西方 Buffet 式行之，各擇所喜，人稱其量，奉盤取饌，任其所至而式食式飲焉。或以「自助餐」譯意，余試以「布飯」二字為音譯，嫌其似釋家之乞食，未為他人言也。

內容既輕鬆又貼近生活，作為趣味知識以資談助，亦自有其價值。老先生以「布飯」譯「Buffet」，當日「未為他人言」，幸有日記流傳，這個有趣的中譯建議，今天讀來，具見文人的心思與情趣。

四

2020 年 2 月《沈燕謀日記節鈔及其他》出版後，頗獲各界讀者、研究者的注意。先不談書的銷量如何，一部有價值的書、一位有份量的前輩，得到應得的重視和肯定，已十分難得。樊善標教授讀書又認真又細心，傳我電郵細談日記中「傍晚至童侶青僑寓抹牌，同座陸潤之、蘇記之、賴志泉」的斷句問題。樊教授懷疑「蘇記之」不是人名，因日記另有「今日書賈蘇記持此書來」的記錄可證：「抹牌常例以四人為限，童侶青、陸潤之、賴志泉、沈燕謀正好四人。」如此經樊教授一說，事情就明白了。可笑我在校閱這則日記時先入為主，被竹戰名單內的「陸潤之」干擾，一時大意沒有發覺「蘇記之」應該是「賴志泉」的「定語」，不是人名。我在回覆樊教授的信上說：「抹牌人數，兄言甚是甚是，若真有『蘇記之』其人，則變成五人竹戰，其中一人要『打懵』，也太『冇癮』了。」在此，我也「自暴」一則與編校日記有關的「烏龍」事，博君一粲，聊為個人的大意向讀者表示歉意；衷心希望《沈燕謀日記節鈔及其他》有再版的機會，好讓我可以刪去那個又多餘又可笑的頓號。

按：

本文發表於《城市文藝》2020 年 8 月第 107 期，經修訂後輯入本書。

南海十三郎留給香港的四十萬字

對一位我們都尊重、都珍惜的前輩，最大的遺憾不是「遺忘」，而是「誤解」。

歸來百戰厭囂塵

南海十三郎為著名編劇家，原名江譽鏐，為江孔殷太史十三公子，才氣橫溢，一生傳奇事蹟後人津津樂道，省港無人不識，自杜國威編演名劇《南海十三郎》後，名氣更大，又因他曾長期居港，與香港關係尤為密切。

十三郎上世紀五十年代流寓香港，1984 年在香港逝世，認識他、與他接觸過的同代親友，為數應該不少，但好些未經證實、未經確認的主觀想法或錯誤訊息，多年來卻在文章與文章之間、書籍與書籍之間、網絡與網絡之間一再傳抄一再轉載一再引用，終至以訛傳訛，積非成是，最終是「積重難返」。

2016 年前，在坊間能讀到有關十三郎的材料，大部分都屬於間接或再間接的材料。舞台劇的藝術加工或虛構情節當然無所謂對錯，惟不少以紀實、傳記、真相作標榜的文章或書籍，成文成書的根據卻多屬道聽途説的訛傳或個人臆測，致使後人對十三郎誤解重重。雖然如此，這些由訛傳或誤解聯綴而成的文字材料，卻已成為廣大讀者「了解」十三郎的必讀材料。

讓人感到奇怪又感到遺憾的是，十三郎作為上世紀的省港名人，在香港住上了三十多年並死於香港，無論時代距離上或地域距離上，與我們都那麼接近，但後人對他卻又好像所知甚少。

一路歸程牘一身

我在整理材料的時候，在上世紀六十年代的舊報上發現十三郎撰寫的專欄，經整理分析，發現這批文章極具價值。

這批《工商晚報》上的專欄文章，是十三郎的親筆文稿，其專欄欄目先後更換過四次，依次分別為：《小蘭齋主隨筆》（一百三十二篇）、《後台好戲》（五十三篇）、《梨園趣談》（五十三篇）和《浮生浪墨》（一百六十四篇）。四個專欄均署「南海十三郎」為作者。這時期他寫作態度異常認真，每篇七百餘字至千餘字的專欄文稿，在報上一天接一天地寫下去，除了報館的特別假期或臨時改版外，他的專欄幾乎沒有脫稿。就目前蒐集所得，這批材料共有四百零二篇、約四十萬字，份量極為可觀。而這批作品內容和寫作情緒都頗為連貫，主題風格也甚統一，行文則以淺白文言或白話為主，通順親切，又間雜詩詞，文采斐然。這批文章可以歸納為三類：（1）十三郎個人回憶，包括他的家族、個人生平、遭遇、往事，均為第一手材料，異常珍貴。（2）十三郎談論戲劇及梨園掌故，包括他對戲劇（特別是粵劇）的看法和評論，也包括他親身經歷的梨園往事，當中夾附有不少鮮為人知的掌故、軼事。寫劇、寫人、寫事，都具體而詳贍，極具價值。（3）十三郎個人感受，包括抒發他個人對生活的看法、個人的價值觀、人生觀、藝術觀，小品筆觸，讀起來文情並茂，異常清新感人。

介紹南海十三郎

小南齋主隨筆

南海十三郎

（一）

南海十三郎專欄
（1964 年 2 月 21 日《工商晚報》）

十三郎在這一年寫的專欄文章，質與量都很高，而且他當時剛過中年，筆下回憶前半生，多彩多姿，文稿是他本人親筆所寫，內容提及個人生平、家族往事，都極為可信，是研究、了解十三郎的第一手重要材料。

隻手耕耘天欲雪

十三郎寫這批專欄文章的時候，正好年過半百，過去五十多年的悲歡離合、得志失意，他生平中最堪回憶的人和事，全都集中在這段重要的回憶之中，碰巧他在這時候精神狀態尚好，可以有條理地把個人的往事、知識和感受一一寫成文章，並得到一年多的穩定發表空間，但不能否認，他寫的專欄文章有部分可能予人「牢騷太盛」、「短嘆長嗟」之感，但畢竟還是他個人直率真切的情感記錄，若說這批文章是十三郎的「自傳」、「剖白」、「心聲」甚或是前半生的「檢閱」或「總結」，說法大抵都站得住腳。

這批舊報上的文章字模細小墨色漶漫，複印後副本上的字畫頗多失真，崩脫槎椏，認讀時頗感吃力；但這批文章既然是了解、甚至是研究十三郎的重要材料，實在有整理和公開的必要，因此我就着手把這四輯專欄的四百多篇文章合編出版。書的編次乃按當年專欄發表日期之先後排序，以「全錄」的方式全數保留這批舊報上的專欄文章，又以篇幅關係，為便裝池，全書釐為三冊，即：上冊《小蘭齋主隨筆》、中冊《梨園好戲》(《後台好戲》《梨園趣談》合輯)、下冊《浮生浪墨》。全書總題為「小蘭齋雜記」，由香港商務印書館出版。

「小蘭齋主」是十三郎自取的名號，「小蘭齋」這爿空中樓閣，不但優雅，且能隱約地折射出十三郎克紹其父江孔殷「百二蘭齋」的風雅餘韻。本書還收錄了好些與十三郎有關的相片、曲譜和附錄文章，卷首附〈十三郎說十三郎〉和〈南海十三郎傳略〉兩篇長文約三萬字，方便讀者了解本書的編刊緣起及價值，也同時讓讀者對十三郎有一個初步而具體的認識。卷末附錄一篇十三郎在解放前發表的作品，另附〈重見南海十三郎〉長文，用以論證與十三郎生平有關的幾種誤傳。〈重見南海十三郎〉是利用《小蘭齋雜記》的第一手材料進行論證、發揮的嘗試，初步結論是：十三郎於 1910 年 3 月 3 日生於廣州黃沙的叢桂西街、唐滌生確是十三郎的弟子、十三郎有一位姓黃的女兒。這些論證成果在在能補充、糾正坊間好些傳聞。

壯懷如我更何人

十三郎早年畢業於香港華仁書院，又曾在香港大學習醫，最後在香港度過餘生，按道理應該算得上是地地道道的「香港人」，但他來港十多年後，在他主筆的專欄中卻依然強調「然自念己為外來人，本非此地生長，縱久居此，身猶是客」，「身猶是客」一語，真是沉痛之極。為此，我在着手編訂《小蘭齋雜記》的時候，時刻提醒自己要尊重十三郎的意願，起碼在意識上不要把這個出版計劃列入「香港」專題之內。當然，這項「自我提醒」實在有點自欺欺人，因為無論這個出版計劃是否算在「香港」專題之內，編校出版的工作以至作品的價值，基本上是沒有改變的，也許只是純粹出於對前輩的一份尊重。我固執，就為自己訂下了這條可有可無的「原則」。

編校的工作進行得如火如荼，出版社傳來1975年3月19日《星島日報》上的一篇十三郎專訪，當時六十五歲的十三郎在寶蓮寺接受記者訪問時說：「我已決定在香港終老，不作他想。」我頓時如釋重負，感謝他這份「客久他鄉是故鄉」的豁達，我可以暫時放下那項「自我提醒」，可以更親切地把他的作品重置在「香港」這個專題框架內；當然，編校出版的工作以至作品的價值，基本上是沒有改變的，但心情卻輕鬆多了。

莫說做研究，就是要好好地了解一個人，同樣是既要講興趣，也要講緣分。我對十三郎當然很感興趣，難得杜國威先生把他的生平傳奇搬上舞台、銀幕和熒幕，十三郎的「藝術形象」令我更加神往。至於那一天我在整理舊報材料時翻出了十三郎的四百多篇專欄文章則肯定是緣分一場：數十年來誰都有機會看到卻又誰都看不到，睫在眉間長不見，驀然回首，卻都在燈火闌珊之處。既然遇上了，就應該好好珍惜，而一介書生對「珍惜」的所謂「回應」，老是傾向把所珍惜的都變成「書」，因為書可以流傳、可以供人細味——既然決定了，就埋首努力完成，縱然，這想法也許有點不合時宜。在課餘整理這四百多篇文章雖然吃力，但四十萬字的《小蘭齋雜記》卻字字都嚼得出味道來。一邊校勘一邊閱讀一邊回味，像這樣的課餘額外工作，絕對是「優差」、是「肥缺」。

按：

1. 本文發表於《明藝》，2016 年 7 月 11 日，經修訂後輯入本書。
2. 朱少璋編訂，南海十三郎著：《小蘭齋雜記》〔全三冊〕（香港：商務印書館，2016 年）

《春深紅杏》
——南海十三郎小說殘卷

南海十三郎，原名江譽鏐，廣東南海下塱人，江孔殷太史之子，上世紀二十年代在香港大學攻讀醫科，後輟學並一度浪跡上海，三十年代初投身梨園為戲班編劇，名噪一時。抗戰時期組織粵劇團在軍中編演愛國劇勞軍。復員後流寓香港，在街頭半瘋流浪，曾多次入住精神病院，1984 年 5 月 6 日病逝於瑪嘉烈醫院。

多年前我在舊書肆遇上十三郎的小說單行本《春深紅杏》，此書正度 32 開，雖只存下集，可幸封面、內頁均完好，品相甚佳。此書是十三郎在世時的正式出版物，而體裁上又是罕見的言情小說，值得一記。

十三郎復員時期之作

《春深紅杏》(下集) 分為廿七個章節，每章字數相若 (約千字)，並附小標題如「稍別相看似嗔還笑」、「小疵不掩白圭之美」、「抱璞以終至死猶芳」。據各節字數相若和標題安排的特點作合理推測，《春深紅杏》極可能是先在報章雜誌的專欄上分章連載，然後再合輯成書的。

此書下集並不見出版牌記或版權頁，讀者無由得知出版年份及出版地點，唯小說中既有「從前在內地係抗戰時代，風餐露宿無人笑」之語，則作品當寫於抗戰勝利之後。查十三郎在1945年復員後，曾赴港為新辦的報章當撰述，該報只維持了一個月便結業，十三郎在港養病半年後返粵，居粵三年間亦有投稿：

> 抗戰結束，余即賦閒，躬耕三載，復居塵市，只為報章寫小說散文，得資自給，遊戲文章，亦吐腹中塊壘。(《小蘭齋雜記》)

及至1949年冬，十三郎離粵南下，在港過着半流浪的生活，直至逝世。互參原書末頁的遞藏署年（鋼筆手書）為「卅六年七月十六日」，則《春深紅杏》應大概成書於1945至1947年之間。至於出版地到底是港是粵？則限於資料不足，暫時無法確定，目前僅能提供兩條線索：（1）小說的故事背景是香港；（2）此書購自廣州舊書肆。

小說故事梗概

《春深紅杏》（下集）凡三十一頁，書末有「全書已完」字樣，原書封面除書名、摩登仕女圖之外，尚有「下集」、「南海十三郎著」及「香艷言情說部」三項說明。根據下集內容試作合理推測，則故事大概如下：性格偏執而在愛情上控制慾極強的鍾燕如愛上杜叔美，而叔美卻鍾情於燕如好友柯麗娜，及麗娜失身於白洛羊後遭拋棄，自殺獲救後乃接受叔美之愛，結為夫婦；燕如情場失意，萬念俱灰，遁入空門，未幾病逝。

言情香艷兼而有之

《春深紅杏》既歸類為「言情」，故事除極盡「情愛纏綿」之能事，還穿插麗娜為情服毒自殺、叔美在醫院表明心跡等情節，細緻地演繹男女間的悲歡離合與山盟海誓。小說又以「香艷」二字作標榜，書中部分描寫亦確實夠得上一個「艷」字，如叔美與麗娜新婚之夜的片段：

> （叔美）復捧香吻作十分鐘之長吻，梨窩香膩，悶入心脾，兩點星眸，微縫一線，細吐丁香之舌，狂舐玫瑰之香，嬌喘如絲，胸潮起伏，於時月光皎潔，燭影搖紅，羅帳徐徐而低垂，銀鈎閃閃而震盪，呢喃燕語，隱約微聞，春色蓋已達到最高潮點。

十三郎在1964年的專欄文章中曾說：「有勸余編寫黃色小說，準備作戲劇資料，余以為迎合低級興趣，實不屑為。」觀乎《春深紅杏》的「香艷」片段，雖非刻意賣弄也算不上「黃色」，但在四十年代而言，文字間意識之「艷」，亦算得上又「香」又「濃」了。

小說的語言組合

《春深紅杏》大致上以淺白文言寫成，如「叔美亟按其手止之」、「舅父必允我者也」、「而予之訥訥不敢為汝告者」、「今晚汝友在何處設宴」，均屬典型的文言腔調，唯運意淺白，並不算古奧。這種語言風格，與「香港鴛鴦蝴蝶派大師」靈簫生的筆調相類；誠如黃仲鳴在〈文采風流靈簫生〉（2018 年）中說：「靈簫生以淺白文言著書，在當時的香港社會，普羅大眾仍識看。」

十三郎在小說行文中亦常穿插口語或俗諺，「今晚完全飲啤酒，我能盡十瓶而不稍醉也」、「吾恐其另有陰謀，將來監汝食死貓，汝則有口難言矣」、「新婚燕爾，語貴吉祥，不准汝亂講廿四」、「歷來汝不壞蛋，今朝乃盡現壞蛋矣」，讀來予人驢馬兩非之感。語言如此組合雖云特別，然終欠自然，亦是事實。

小說的背景是香港

小說背景是戰後的香港，部分內容能間接反映出戰後香港的一些人情物事。如「香港租屋，非眷莫問，汝幾個寡佬欲租屋耶？可以休矣」，可知當時在香港的單身人士所面對的住屋問題。又「但處此係都市，人皆眼高於頂，設汝身穿西服而食於下等飯店中，其不令見者齒冷耶」，可見當時部分香港人的勢利嘴臉。至如小說中提及的荃灣東普陀寺、青山齋堂、寫字樓、電車、十字車、風爐、綠衣郵差等人物事物，今天讀來，頗具懷舊情味。

小說中的戲曲典故

十三郎是著名編劇，曾為「覺先聲」、「義擎天」等名班編劇，代表作有《心聲淚影》、《女兒香》、《燕歸人未歸》。讀者在十三郎的小說中，也可以看到若干與戲曲相關的「典故」；這些「典故」或可視為「名編劇撰寫小說」的特色之一。例如小說第十八節的小標題「花即是人人即是花」，本是麥嘯霞《游龍戲鳳》的唱詞。小說中「人花」之喻本是主角柯麗娜自慚之詞，麗娜在拒絕杜叔美之愛時說：

> 今日我已成為一朵殘花，而且為被人遺棄之殘花，留得春深護海棠，何復以殘花為念。

1964年十三郎在〈粵曲詞句誤引談趣〉就談及這句唱詞：

> 亡友麥嘯霞君撰《游龍戲鳳》曲，有「花花花，人人人，花即是人，人即是花今晚花魁獨佔」句，花何以即是人？人何以即是花？似覺欠解。可見撰曲隨便寫出，每有錯誤之詞。

其實「人花」之喻並無不妥，「即是」當然不是強調物理上的相同，而是強調本體與喻體的關係而已。

又如小說第二十五節柯麗娜對杜叔美說「花落春歸去，今夜予實無歡心見君也」，小說對白中的「花落春歸去」正是十三郎名劇的名稱。十三郎、阮惜梨合編的《花落春歸去》成劇於1935年，同名主題曲的原唱者是名伶靚少鳳，後灌錄唱片則有崔慕白、梁以忠、鍾雲山、李少芳、嚴淑芳等人主唱的版本。靳夢萍曾在電台介紹此曲，説此曲特色在於「似小曲非小曲」。據十三郎在〈靚少鳳畫蛇添足〉（1964年）的回憶，這段由「士工慢板板面」與小曲組成的唱段，是由音樂家林英君製譜的，名為「解心慢板」。

作品鈎沉尚待機緣

四十年代單行本《春深紅杏》雖云珍罕，但從研究角度而言，殘卷材料終嫌單薄、不足。十三郎在《小蘭齋雜記》中說戰後曾在《中國報》、《前鋒日報》及《西南日報》發表過小說，研究者倘能蒐集到這批連載在舊報上的小說，相信對十三郎青壯時期的創作活動，當會有更清晰而全面的了解。

按：

1. 本文發表於《明報》世紀版，2023 年 1 月 14 日，經修訂後輯入本書。
2. 2023 年 3 月，鄭明仁先生成功購藏《春深紅杏》上下冊，並蒙賜觀原書，特此鳴謝。鄭先生〈南海十三郎「殘卷」補遺〉對十三郎這部小說有詳細論述，正好補本文之不足；蒙允許轉載，附錄於後。

附錄

南海十三郎「殘卷」補遺

鄭明仁

朱少璋博士今年（筆者按：即 2023 年）1 月 14 日在《明報》世紀版發表鴻文，記述發現南海十三郎小說殘卷《春深紅杏》經過，朱博士所指殘卷是因為他手上的《春深紅杏》只得下冊，久候多年無緣看到上冊，有點兒遺憾。文章發表兩個多月後，事情竟有突破性發展……

《春深紅杏》上冊終於讓我找到了！香港新亞書店三月初在網上拍賣舊書，店主蘇賡哲博士上載書單，赫見拍品之中有《春深紅杏》一套上下冊！兩冊封面都寫明作者是南海十三郎，下冊封面和朱博士那本一模一樣。蘇博士知道這套小說幾十年難得一見，唯恐大家「走寶」，他另外在面書上公告天下：「南海十三郎罕見小說《春深紅杏》完整版本現正公開以暗標方式競投，歡迎大家出價。」好幾位藏書家摩拳擦掌暗地裏出價，翌日開標結果，筆者以高價成功奪寶！我第一時間致電朱少璋博士，答允把上冊影印一份給他，以報答他之前的明燈指路，因為沒有朱博士在《明報》的推介，沒有人會知道香港粵劇編劇泰斗南海十三郎寫過這部「香艷言情」小說。

無版權頁作者身分成疑

《春深紅杏》上下冊同時出土，是機緣巧合？抑或是南海十三郎顯靈？天曉得，但可以肯定的是《春深紅杏》乃迄今為止發現的唯一一部南海十三郎言情小說。筆者遍查本港各大小圖書館，沒有南海十三郎同類小說紀錄。眼前這兩冊《春深紅杏》沒有版權頁，除了封面註明作者是「南海十三郎」之外，沒有其他資料，出版社名稱、地址，出版年份全部欠奉，粗製濫造，完全不尊重作者身分，這對於名震粵劇界的南海十三郎來說簡直不可思議，不禁令人懷疑是否有人盜用南海十三郎名義出版非十三郎所寫的小說圖利？朱少璋博士從小說文本分析，發覺小說裏用了若干與戲曲相關的典故，這些典故或可視為名編劇撰寫小說的特色之一。十三郎是著名編劇，曾是「覺先聲」、「義擎天」等名班編劇，因此在小說裏信手拈來戲班的曲詞，乃順理成章之事。朱博士進一步指出，《春深紅杏》下冊第十八節的小標題「花即是人人即是花」，本是麥嘯霞《游龍戲鳳》的唱詞。小說「人花」之喻本是主角柯麗娜自慚之詞，麗娜在拒絕杜叔美之愛時說：「今日我已成為一朵殘花，而且為被人遺棄之殘花，留得春深護海棠，何復以殘花為念。」另外，小說第25節柯麗娜對杜叔美說「花落春歸去，今夜予實無歡心見君也」，這裏已有十三郎的影子，因為「花落春歸去」正是南海十三郎名劇的名稱。朱博士是研究南海十三郎的專家，他從字裏行間已能確定《春深紅杏》作者正是南海十三郎。

筆者試圖從另外角度去佐證《春深紅杏》不是偽作。

2018年香港資深傳媒人、藏書家何源清去世，何太約了丈夫生前幾位好友到北角家中收書，我接收了四百多期《香港電視》周刊，新亞書店蘇賡哲博士挑選了一些文學書籍，《春深紅杏》就是其中一套（這套書很薄，夾在大書之中，當時大家沒有發覺）。何源清藏書重質多於重量，其藏書多屬佳品，不少更是上世紀五十年代或之前出版的，以何源清的眼光，應該不會錯買冒牌南海十三郎的書。綜合而言，《春深紅杏》作者如假包換是南海十三郎，但此書的出版應該沒有得到十三郎授權，否則一定會列明出版社名稱。筆者估計是有人把十三郎在報紙發表過的小說重新執字重排印成單行本，這種做法在五六十年代常見。

返回《春深紅杏》的文本，朱少璋博士單憑下冊殘卷已能準確推測故事的大概：「性格偏執而在愛情上控制慾極強的鍾燕如愛上杜叔美，而叔美卻鍾情於燕如好友柯麗娜，及麗娜失身於白洛羊後遭拋棄，自殺獲救後乃接受叔美之愛，結為夫婦；燕如情場失意，萬念俱灰，遁入空門，未幾病逝。」筆者根據上下冊劇情的發展，在此作了一些補遺。《春深紅杏》上冊開篇第一條標題是「寶雲道上之杜叔美」，寫主角杜叔美黃昏獨自散步於香港島山頂寶雲道，「時當七月天，黃金色之斜陽織佈於太平山下之寶雲道，輕風過處樹聲蕭疏，撩動萬點歸鴉，其聲測測，若與散步者之步履相唱和（……）。」一小段寫景文字已先聲奪人。小說男主角杜叔美抗戰後復員返港，在寫字樓當文員，食宿均寄託於堅道一個遠房親戚家。是日放工後本照例返戚家晚飯，但戚家有宴會，所宴請者非富則貴，杜叔美恐妨礙主人家，決定不歸，改到寶雲道散步。路途上叔美見一雙一對戀人打情罵俏，憶起抗戰期間自己曾入內地工作，與一女子談戀愛，叔美後來奉調別地工作，失去聯絡，抗戰勝利雙方偶然相遇於復員客船中，女方已為人婦矣。這段開場白，或許是南海十三郎觸景傷情夫子自道，十三郎在香港大學求學期間單戀一位女同學，女同學因事要返上海不辭而別，十三郎追到上海卻慘吃閉門羹，精神大受刺激。

待更多十三郎小說出土

《春深紅杏》中的杜叔美當晚在寶雲道遇上戰前舊同事白洛羊偕女友柯麗娜拍拖而至，三人傾談甚歡，柯麗娜說要介紹舊同學（鍾燕如）給杜叔美，四人當晚便在中環柯麗娜租住的梗房談天，然後打麻將，竹戰期間杜、鍾很快便「撻着」，成為戀人，以後故事的發展便是圍繞兩對戀人的四角關係糾纏。杜叔美與鍾燕如都喜歡對方，惟鍾燕如守身如玉，連初吻也遲遲不肯獻上，杜叔美大感「冇癮」，他對鍾燕如有這樣的抱怨：「燕如此人真令人傷腦筋，其佔有慾太過厲害，識得一個男朋友，便不許人家再與一個性異（異性）結識（……），既顧慮其愛人被他人誘惑，則應該對其愛人呵護備至，愛人有所欲者，當不惜如何犧牲亦須就之。」柯麗娜性格開放，遇上情場老手的白洛羊，身體早已被佔有。作者這樣描寫白洛羊：「白洛羊之交際手腕圓滑異常，三寸舌時驚四座，對女人尤為細膩精密，過去之羅曼斯（史）不可數計。」白洛羊、柯麗娜的關係建築在浮沙上，容易見異思遷，杜叔美與鍾燕如蜜運時，柯麗娜已在有意無意之間情挑杜叔美，杜叔美礙於鍾燕如對愛情的極強控制慾而不敢越軌。最後，劇情的發展誠如朱少璋博士的推測：柯麗娜遭拋棄，轉移到杜叔美懷抱，鍾燕如遁入空門，不久病逝。

《春深紅杏》劇情說不上蕩氣迴腸，勝在人物故事簡單，一書兩冊加起來也只是五十八頁而已，讀來一氣呵成。小說的封面以「香艷言情」作招徠，這只是出版商的宣傳手法。言情固然有之，香艷則乏善足陳，有的只是一兩個接吻場面，小兒科矣！《春深紅杏》以淺白文言文寫成，間中夾雜一兩句廣東話，這是四五十年代以至六十年代香港報紙副刊流行的文體。南海十三郎編劇獨步梨園，然則其小說在香港文壇應佔什麼席位，這有待日後有更多的十三郎小說出土才可論斷。

十三郎天才橫溢，深受讀者、劇迷歡迎，其生前一舉一動備受關注。1959 年 12 月 10 日，南海十三郎離開西營盤東邊街精神病院，便成為翌日《明報》頭條新聞。十三郎出院當天接受記者訪問時精神甚佳，即場引吭高歌他為薛覺先寫的劇本《心聲淚影》主題曲其中一段：「傷心淚，灑不了前塵影事，心頭滋味唯有自己知，一彎新月未許人有團圓意，音沉信杳迷亂情思，踏遍天涯不移此志，癡心一片付與伊（……）。」十三郎幾次出入精神病院，病情時好時壞，1984 年秋天，他在青山精神病院辭世，享年七十四歲。

按：

1. 本文原刊《明報》世紀版，2023 年 3 月 24 日，蒙鄭明仁先生允許轉載，特此鳴謝。

2. 鄭文收筆處云：「1984 年秋天，他在青山精神病院辭世，享年七十四歲。」2023 年 4 月 6 日鄭先生在《am730》發表〈南海十三郎罕見小説出土〉，有不同說法：「1984 年 5 月 6 日，他在青山精神病院辭世，享年七十五歲。」證諸事實：南海十三郎生於 1910 年 3 月 3 日，1984 年 5 月 6 日卒於瑪嘉烈醫院，享壽七十四歲。

望雲作品事證五題

香港作家「望雲」(張文炳，1911？-1959)，[1] 既從事文學創作，又編劇，又當導演；談上世紀三十至五十年代的香港文學，不可能繞過他。陳智德（1969-）認為「在香港文學的角度上，望雲也是一個值得研究的作者」。[2] 以下就望雲的作品，掇拾事證五則，供研究者參考。

---

1 許定銘〈漫談望雲與《黑俠》〉中以「1910 年」為望雲的出生年份，其理據是：「一般有關望雲的資料均未見提及其生年，今據生於1912 年的平可之〈誤闖文壇述憶〉(見 1985 年 3 月《香港文學》第 3 期，頁 98）所說：『……張吻冰大概比我大一兩歲……』，設定他生於 1910 年。」(許文見《鑪峰文藝》2001 年第 5 期)「平可」就是岑卓雲，香港早期文學刊物《鐵馬》就同時刊登過岑卓雲及望雲(張吻冰) 的作品，岑張二人都是「島上社」的成員，關係密切，因此岑氏說「張吻冰大概比我大一兩歲」，是可信可據的材料。但「大概比我大一兩歲」畢竟含糊，許定銘最終傾向認為「大兩歲」是事實：由於岑卓雲生於 1912 年，許氏乃設定望雲生於「1910年」。誠如許氏所言，一般有關望雲的資料均未見提及其生年，利用「島上社」成員的生年間接推測望雲的生年，結論已是頗為逼近事實。筆者再查 2009 年香港大學鄧煇澄的碩士論文〈1937 至1941 年間香港社會對日本侵略的戰爭意識〉，論文中提供望雲的生年是「1911 年」，但鄧氏並沒有交代說明生年設定的根據。筆者再利用舊報材料，進一步弄清這個問題。查 1959 年 5 月 29 日《工商晚報》有望雲出殯的簡短報道，說望雲「享年四十八歲」，以此上推，則以望雲生年為「1911 年」，亦頗合理。

2 陳智德：〈詩幻留形：從《危樓春曉》談到望雲〉，《文匯報》，2011年 5 月 24 日。

一、《星下談》：鮮為人知的「直銷」策略

望雲的散文集《星下談》（1949）曾遭翻版，許定銘（1947-）的藏品中正版、翻版都有，兩相對比，許氏稱翻版版本為「劣版」。[3] 許氏在〈望雲的《星下談》〉推測出現《星下談》「翻版本」的原因，是由於該書暢銷：

> 《星下談》不應該是暢銷書，但不知是否《黑俠》效應，書大概很搶手，故此還出現過製作極粗劣的「翻版本」。[4]

以上推測固然合理，書要暢銷才有利可圖，《星下談》當年遭到翻版，可以間接說明此書是有市場需求的，但《星下談》遭到翻版也可能與該書的銷售方式有關。《星下談》的銷售方式頗為特別，查 1949 年 6 月《工商晚報》有預購《星下談》的消息：

> 望雲先生新著隨筆集《星下談》，作風淡素，取材多屬作者生活回憶感想，及吾人日常接觸平凡人物之平凡故事，富於人情世味，蘊義深長，全書計八十頁，包含隨筆七十餘篇，現已付梓，本月底出版，定價每本一元，預約八折。預約者不須預先付款，只消將姓名地址寄娛樂戲院張文炳先生轉，俟書出版，由專差派送，並收書值。初版三千冊，只應付預約之用，不發門市，先睹先生傑作為快者，可今日開始預約，預約

3　許定銘：〈劣版《星下談》〉，《大公報》，2012 年 5 月 11 日。

4　許定銘：〈望雲的《星下談》〉，《大公報》，2007 年 5 月 6 日。

函件，十五日截收云。[5]

《星下談》初版三千冊只應付讀者預購之用，用今天的行銷術語表達，就是「作者直銷」。事實上，接收預購訂單的「張文炳先生」正是作者本人，可見《星下談》初版由成書到預訂到直銷，基本上是望雲個人一手包辦。望雲選擇以一手包辦配合「作者直銷」方式售書，可以免除發行、零售兩個單位分薄利潤，以折扣回饋、吸引預購書籍的讀者，其銷售方式，可算前衛。如果《星下談》初版真的不發行不零售，又或者只作小量發行及零售，翻版商就極有可能乘虛而入，以許氏所説的「劣版」去滿足其他讀者（消費者）的購書需要。

許定銘在〈望雲的《星下談》〉提出「何以要在《星下談》出了的兩三年後才出第二輯」的疑問，他認為：

> 原來《星下談》出版後非常暢銷，可惜在不足一個月內，已出現了我前面所説的翻印本，因價錢便宜了很多，對正版影響不少，望雲受到打擊，出二輯、三輯的意興闌珊，拖了這麼久才出第二輯，也不見再有第三輯（……）。[6]

如果我們把「望雲受到打擊」的原因與《星下談》初版的「直銷」策略連繫起來，説望雲的直銷策略不成功而導致「意興闌珊」，也是十分合理的推測。事實上，1953年出版的《星下談第二

5 預購《星下談》的消息見《華僑晚報》（1949年6月1日）及《工商晚報》（1949年6月2日），兩天報道的內容相同。

6 許定銘：〈望雲的《星下談》〉。

輯》，其銷售策略已明顯改變。查 1953 年 10 月《工商晚報》有《星下談第二輯》的出版消息：

> 望雲著《星下談》單行本，今日出版，內容包含隨筆四十一篇，共一百頁，七萬餘言，都是感情充沛，真摯動人之作。論者認為先生之散文成就，在其小說之上。該書定價一元二角，各大書局報攤均有代售。[7]

《星下談第二輯》採用「各大書局報攤均有代售」的傳統銷售方式，對比四年前《星下談》的預購直銷方式，箇中分別，值得研究者仔細探討。

二、〈雲雨巫山空斷腸〉：單行本與電影下落未明

望雲小說與電影的關係，向來受研究者重視。陳智德曾談過望雲的《人海淚痕》與電影《危樓春曉》的關係。[8] 曾肇弘則以 1948 年首映的電影《青衫紅淚》與望雲的同名小說對讀，作出比較：

> (……) 把電影與望雲的原著對讀，才發現前者已經「淨化」了很多，小說不少性愛場面也沒有照搬到電影。而原著另一樣有趣的地方，是對女主角物質追求的描寫，其中一段寫道：「她一個月中的收入，大部分也花在打扮上。你問旁的女工不知道的，賈醉鳳卻連密斯佛陀

7 見《工商晚報》，1953 年 10 月 16 日。

8 陳智德：〈詩幻留形：從《危樓春曉》談到望雲〉。

的唇膏共分幾種顏色都曉。」真的堪稱港女先鋒！[9]

望雲的《黑俠》、《小夫妻》、《杜夫人》等小說，都曾改編成電影。[10] 小說與電影的改編關係，相信是研究望雲的一個重要角度。有關望雲 1949 年在《工商晚報》上連載的〈雲雨巫山空斷腸〉，其單行本以及改編成電影的事實，有待進一步考掘。查 1950 年 7 月 7 日《工商晚報》有如下報道：

> 本報「晚香」欄前連續刊載〈雲雨巫山空斷腸〉，為名小說家望雲戰後最成功作品之一。該書寫一濫愛自私女人之畢生故事，哀艷動人，描繪大膽深刻，入木三分，為不可多得之佳作。該書已由長城影片公司購得改編電影版權，將拍製為國語片。現小說單行本已出版，印刷精美，各大書局均有代售，未看電影，先欣賞原著小說，當更感興趣。[11]

〈雲雨巫山空斷腸〉在《工商晚報》的「晚香」連載，1949 年 7 月刊完，但一年後出版的「印刷精美」的單行本，筆者卻未有緣得見，而研究望雲的文章，亦未見著錄。又據此小說改編而成的國語電影，筆者亦尚未找到該是哪一部，在此姑記一筆，以待高明。

---

9 曾肇弘：〈早期電影回眸〉，《星島日報》，2019 年 6 月 3 日。

10 《黑俠》曾經改編成同名電影《黑俠》（1941）、《黑俠與李青薇》（1948）。《小夫妻》曾改編成同名電影《小夫妻》（1947）。《杜夫人》曾改編成電影《一代名花》（1955）、《鮮花殘淚》（1958）。《黑俠擒兇記》曾改編成電影《黑俠擒兇》（1958）。

11 同日的《工商日報》亦有相關報道，內容與晚報大同小異。

三、《黑俠》：生旦對唱的粵曲版本

前文提到望雲小說與電影的改編關係，已有論者提及，但望雲小說與粵劇的關係，則較少人注意。岳清在《花月總留痕：香港粵劇回眸》提及唐滌生（1917-1959）在上世紀四十年代的粵劇創作，就涉及望雲的作品：

> 唐滌生的創作題材還有以小說和電影為藍本。他把著名小說家張恨水的名作《似水流年》《啼笑姻緣》和望雲的小說《黑俠》改編過來。[12]

唐氏改編自望雲小說的粵劇，由「百福」劇團主演，演出地點在高陞，主要演員有羅品超（1911-2010）、余麗珍（1923-2004）及鄭孟霞（1912-2000）。唐氏把小說《黑俠》改編成連本戲，三集分三天演完，分別是《黑俠上集》、《黑俠下集》及《黑俠大結局》，1945年2月2日至4日上演。[13] 此劇劇本筆者未見，未知具體劇情，但以「跨媒體改編」角度視之，唐劇改編自望雲小說是一個很有趣的例子，也足見望雲小說別具「跨媒體改編」潛質：電影、粵劇，甚至電台的廣播劇，[14] 都曾與望雲的小說連繫上改編的關係。

---

12 岳清：《花月總留痕：香港粵劇回眸》（香港：三聯書店（香港）有限公司，2019），頁109。張恨水原著小說應是《啼笑因緣》，經改編成戲曲或電影後有時會誤「因」為「姻」。

13 阮紫瑩：〈唐滌生粵劇作品年表〉，附錄於陳守仁：《唐滌生創作傳奇》（香港：匯智出版，2016），相關資料見頁212。

14 《華僑日報》1964年8月3日〈商業電台今日起播出望雲遺著《血刃情絲》〉，報道說：「已故名小說家望雲遺著《血刃情絲》，下午六時半，在商業電台二台播出。商台日前已播放望雲成名作《黑俠》甚受聽眾歡迎。該台乃繼續介紹其另一遺作。望雲以《黑俠》

唐滌生編撰的粵劇《黑俠》筆者未見，但卻在四十年代的歌曲集之中發現一首名為〈黑俠〉的粵曲。[15] 這支短曲雖未知是否出自唐氏手筆，但亦有一記的價值。這首曲見諸四十年代的《新興粵曲集》，曲目〈黑俠〉下署原唱者是吳楚帆（1911-1993）和關影憐（？-1979）。這支短曲由男女（生旦）對唱，由「士工滾花」起唱，下接「南音」、「二王」、「鳳凰台」、「花間蝶」、「乙反二王」、「鳥驚喧」、「二流」。唱詞主要交代新婚翌日女方便要離開：「事關有責在身，不容廝混。」接下來便是生旦互訴離愁別緒與深情叮嚀。唱詞中提到男方是個「豪爽不羈，行為放任」的人，而女方則是「風塵兒女，卻倜儻不群」；看來兩位「曲中人」確與望雲《黑俠》中的男女主角十分相似。最重要是唱詞有「此後恩情付予誰，惟向青薇一問」之句，可以證明唱段中女角的原型確是《黑俠》中的李青薇；唱詞提及在「金爐」（賭場）內邂逅的往事，亦與小說情節相同。整段唱詞所交代的明顯是小說中的情節：黑俠與做反間諜工作的李青薇只一夕之聚，春宵苦短，短聚翌日李青薇便要與黑俠分別，繼續參與救國的工作。這段唱詞部分句子寫得古典而優雅，如結句「且待他年重檢石榴裙」是化用武則天（624-705）的詩句「開箱驗取石榴裙」，[16] 曲詞如此典

一書成名，瘋靡港澳讀者，以後作著甚多，亦極受歡迎。其成功之點，乃在於情節多於電影化，奇峰迭出，不落俗套。」當時望雲已逝世五年，電台仍改編其作品並製作成廣播劇，而且廣受聽眾歡迎，足證他的作品別具過人的吸引力。有關望雲小說與相關的改編廣播劇，可以是一道很有趣的研究題目。

15 〈黑俠〉唱詞見《新興粵曲集》第三期（上海：新興社，確實出版年份不詳，約四十年代），頁138-139。本節所引用的唱詞出處均同此注，不另注。

16 〈如意娘〉：「看朱成碧思紛紛，顦顇支離為憶君。不信比來長下淚，開箱驗取石榴裙。」

雅，與小說原著擬設的時代背景——抗戰時期——不免有點格格不入。

四、《千萬留春住》：望雲的「三毫子」小說

作為望雲創作生涯中唯一一部「三毫子」小說，《千萬留春住》值得研究者留意。

「三毫子」小說是香港五六十年代的流行讀物，早期售價都是三角（三毫子），故名。這些流行讀物也許與嚴肅文學或純文學不同，但在文學研究上卻有一定價值。[17] 望雲的小說大都是先在報上連載然後再單行出版的，但《千萬留春住》則以「三毫子」小說姿態出現，亦只此一本。

《千萬留春住》是「海濱小說叢」中編號「海字 0013」的作品。「海濱小說叢」向來只有順序編號，沒有出版日期，筆者試作間接推斷如下。《茶點》半月刊 1957 年 12 月 1 日第 27 期的封底有「海濱小說叢」全版廣告，這則廣告介紹小說叢作品兩種，依次是《夕陽芳草》及《殘秋之戀》，翻查作品編號，[18] 分別是「海字

17 比如香港文壇前輩劉以鬯也曾寫過「三毫子」小說，鄭明仁在〈劉以鬯與「三毫子小說」〉中分析劉氏的《藍色星期六》和《蠱姬》，為文學大師的相關研究補上了重要的一筆；又黃東濤（東瑞）在〈復仇女神花蒂瑪——讀劉以鬯《椰樹下之慾》〉中，仔細分析《椰樹下之慾》外，還提及劉氏另外兩部「三毫子」小說：《星嘉坡故事》、《藍色星期六》。鄭文見《香港文學》2018 年 8 月號總第 404 期；黃文見《大公報》，2019 年 6 月 7 日。

18 作品編號見「濳淵堂」〈我收藏的三毫子小說書目——環球、海濱、ABC、文風等〉提供的目錄，下同不另注。「濳淵堂」網絡資料，網址 https://qytang.wordpress.com/，檢索日期：2020 年 5 月 22 日。

0001」及「海字 0002」，廣告上說明「每月一日及十六日出版」；合理推測，系列的首本作品《夕陽芳草》應於 1957 年 11 月 16 日出版，而編號「海字 0002」的《殘秋之戀》應於 12 月 1 日出版（廣告刊登日）。但這「每月一日十六日出版」的「半月刊」，後來卻改為「周刊」，查 1958 年 1 月 1 日第 29 期《茶點》封底的「海濱小說叢」全版廣告，介紹小說作品七種，依次是《夕陽芳草》、《殘秋之戀》、《貞操以外的愛情》、《含冤記》、《妒雨疑雲》、《奇異的愛情》和《假愛真情》，作品編號正好是「海字 0001」至「海字 0007」；廣告上已改稱「每逢星期三出版」，已由半月刊改為周刊。[19] 合理推測，小說系列由「海字 0003」開始改為周刊（逢周三出版），如此順序數下去，廣告中開列的「海字 0007」《假愛真情》正好在 1958 年 1 月 1 日星期三出版（廣告刊登日）。據此推論，編號「海字 0013」的望雲《千萬留春住》，出版日期應是 1958 年 2 月 12 日星期三。[20]

五、〈麗人行〉：殘篇待補

此外，筆者發現 1957 年的香港新葉出版社的《茶點》半月刊，曾連載望雲的長篇小說〈麗人行〉。

---

19 「海濱小說叢」是由最初的「半月刊」改為「周刊」，最後是「旬刊」。馬吉在〈夏易的三毫子小說〉說：「海濱圖書公司初期每逢星期三出版一本三毫子小說，至八十多期後改為逢 5 日 15 日 25 日出版。」其說法忽略了叢書首兩期是半月刊的事實。〈夏易的三毫子小說〉見「香港文化資料庫」網絡資料，網址 https://hongkongcultures.blogspot.com/，檢索日期：2020 年 5 月 22 日。

20 《千萬留春住》的封底內頁也註明是逢星期三出版的。

據現存不完整的材料作估計：[21]〈麗人行〉在每一期的《茶點》半月刊上連載一章，小說結局第 24 章刊於 1957 年 11 月 16 日《茶點》第 26 期，據此上推，長篇小說〈麗人行〉應在 1956 年 11 月 1 日開始連載。筆者看到的雖只是小說的其中四章，並不完整，可幸小說殘篇附有「前文提要」，故事的頭緒都有交代：

> 施瑞榮從上海挈眷到香港來，和她的妻舅倪育合作經營地產生意，好色的倪育卻搭上了一個壞女人沈瑪利，席捲所有私逃，施瑞榮遂淪於破產，一氣之下，咯血身亡。留下了老妻和四個女兒施麗、安妮、慕英和潔兒。施麗愛上了外勤記者胡辛，由他介紹在圖書館找到了職業。安妮縱情任性，難耐家貧，留下了書信便當舞女去了。施麗辛辛苦苦把那支離破碎的家支撐起來。一心希望與胡辛結婚，不料他卻因公受傷，一雙腿也被割去了。卻沒有東西能改變施麗對他的愛，她決心和他結合。[22]

故事情節今天看來不免有點「老套」，但故事脈絡錯綜複雜，卻與長篇小說的架構、篇幅、發展都配合。胡辛遭遇不幸，名字隱約與「苦辛」不無諧音的聯想關係；施麗對家庭和愛情都盡責都投入，名字卻又讓人直接聯想到英文「silly」(愚蠢)，真是可圈

---

21 《茶點》半月刊館藏都不完整。中文大學藏：1957 年第 11、21、23、26、27 期，1958 年第 29、30、42 期，1959 年第 1 期。香港大學藏：1957 年第 21 期，1958 年第 50 期，1959 年第 5 期。因材料不完整，四段〈麗人行〉連載內容僅見於《茶點》1957 年第 11、21、23、26 期，小說其餘內容未詳。

22 引文見《茶點》1957 年第 21 期。

可點。但無論如何，〈麗人行〉的結局還是令人開懷的：

> 經過了連場的暴風雨，應有的安靜是到臨了。胡辛和施麗如常分頭工作，他們感覺現在正是個好時候，策劃大家的將來。
>
> 不少同事接到了他們結婚的喜柬。施麗曾經計算過來，要是他們結婚了，量力仍舊可以維持自己的母家，還可以負責兩個妹妹的唸書，直到她們高中畢業。
>
> 他們兩人同時相信：他們從結婚那一天，正是新的開始。[23]

故事包含家庭、社會、倫理、愛情等元素，雖複雜但不難理解，而收筆處始終是「雨過天青」，予人前景光明的感覺，頗具積極精神。〈麗人行〉未知最終有沒有出版單行本（筆者未見），而筆者看到的《茶點》半月刊亦零散不全；希望他日有機會遇上完整的《茶點》、遇上完整的〈麗人行〉。

按：

本文發表於《方圓》第四期（香港：香港文學館，2020），經修訂後輯入本書。

---

23 引文見《茶點》1957 年第 26 期。筆者按：小說中施麗的二妹安妮自殺身亡，因此結局只提及她另外兩個妹妹。

羅孚佚著《太平人語》

羅孚第一本著作尚未「出土」

羅孚在〈絲韋作品簡表〉按年份順序開列他的著作（見《絲韋卷》），簡表中排首位的作品是《太平人語》（1946年）。羅氏在〈感慨萬千〉（見《絲韋卷》）中也曾提及這部佚著：

> （……）類似這樣三言兩語的東西，我替宋雲彬主編的《民主》周刊寫過，（……）欄名好像是「無花的薔薇」，記不真切了。（……）在重慶的時候，抗日戰爭勝利以後，我也在自己編的副刊上寫過這樣的小東西，記得是叫做「太平人語」，（……）長春的有心人把我這些三言兩語的東西印成了大32開本的小冊子發行，在北京的徐盈寄了一本給我，這是我寫的東西有幸第一本成書。

這段回憶跟羅海雷在《我的父親羅孚》的說法大致相同。羅海雷的說法有以下三項重點：（1）羅孚曾在《民主周刊》寫專欄，負責整版專欄的名字是「無花的薔薇」，專欄堅持了一年多。（2）大約在1946年，有人把專欄「無花的薔薇」的文章編輯後在瀋陽出書，書名是「太平人語」，這可算是羅孚的第一本書。（3）當年東北也在戰火之中，羅孚特別叮囑這是值得一記的；羅孚不知道書是誰出的。不過，羅海雷的說法有兩點需要補充：其一，

「無花的薔薇」是《民主生活》周刊的專欄。其二，《民主生活》在1946年1月9日創刊於重慶，終刊於同年4月10日，周刊出版凡十二期（見第12期的終刊啟事），只維持了三個月。

藏書家許定銘在〈羅孚第一本書〉（見《向河居書事》）談的正是《太平人語》。許文轉述羅孚的回憶片段：

> 他告訴我，他的處女集叫《太平人語》，是戰後出版的。說是當年他有一個報上的雜文專欄，叫「無花的薔薇」，寫了不少文筆辛辣的時論，被人收集在東北出版了，朋友曾送他一冊，後來不知哪裏去了。

許氏是有心人，在藏書界人脈甚廣，書緣不淺，卻始終找不到《太平人語》的下落；羅孚的第一本書竟成佚著，不無遺憾。

《大公晚報》的「太平人語」

「太平人語」是羅孚在重慶《大公晚報》上撰寫的專欄，由1945年9月24日至同年12月10日合共發表了六十一篇文章。各篇文章都沒有獨立題目，只題為「太平人語」，每篇由三至六則筆記式的短文合成，合共二百至四五百字不等。以下過錄一篇首刊於1945年10月7日《大公晚報》的「太平人語」，原文由三則短文組成，各段節均以「★」號間隔：

> 仗未打完時，物價飛漲，人人都拚命把貨物囤積起來；等到現在勝利還鄉，收盤拍賣，無人問津，便又要求政府收買，以資救濟。

世間果有如此便宜事，我想閻羅王也願投生到這個世來做生意了。

★ ★ ★

豬肉減價，每斤由七百減到四百五十元。

食肉者喜，賣肉的人又何嘗不歡喜呢？

有例可援，再過幾天，他們馬上就可以請求政府救濟了。

★ ★ ★

軍人決定發給勝利獎金，從上將發十萬到准尉發兩萬，做官的都有了，獨當兵的沒有。

瞧！勝利的眼角也很高呢，它還看不到下邊的人。

由此可見，「太平人語」的內容乃以談論、針砭時事為主。「太平人語」其實就是仿效魯迅〈無花的薔薇〉（見《華蓋集．續編》）的寫法，因此羅孚1946年1月至4月在《民主生活》上的專欄就直接取名為「無花的薔薇」。羅孚的「無花的薔薇」可視為「太平人語」的續編。

《大公晚報》上的「太平人語」，在目下能讀到的羅孚作品集都未見選錄，而此書下落更是耐人尋味。按理羅氏當年親自收過徐盈寄贈的書，既見過實物，當不是無中生有。筆者在整理材料時，讀到一本與「太平人語」有關的書，相信此書對追尋羅孚第一本著作會有幫助。

《重慶消息》與「太平人語」

《重慶消息》由「中國出版社」出版，無出版年份，也沒有標示編著者名稱。全書五十五頁，內容均是摘錄 1945 年 10 月 11 日至 24 日重慶《大公晚報》上的材料；正文三十六篇包括十三篇羅孚在《大公晚報》上發表的「太平人語」。此書卷首有一篇不署名的序文，交代成書的因由。序文起筆是「日寇投降已經兩個多月了，但在東北，一切仍然悠悠蕩蕩，模模糊糊（……）」，1945 年 10 月，這位身在東北的編者，得到了朋友送來的一批重慶《大公晚報》，讀後覺得應該與更多人分享，於是「特摘錄一些編在一起，把它交給書店，印了出來，以供諸同賞」。至於書的命名，乃「因消息來自重慶」，故取名為《重慶消息》。

羅孚描述的《太平人語》與筆者讀到的《重慶消息》極為相似。首先，羅氏說：「長春的有心人把我這些三言兩語的東西印成了大 32 開本的小冊子發行。」長春，正是中國東北部（羅海雷說「瀋陽」，也是東北）；而《重慶消息》的編者、撰序人當時正好身在東北。其次，《重慶消息》編者不詳，而羅孚亦只說出書者是「有心人」；羅海雷則說羅孚不知道書是誰出的。再者，是書的開度、大小，限於筆者讀到的是複印件，未能確定是不是羅孚所說的「大 32 開」，但《重慶消息》全書只有五十五頁（即二十八張紙的厚度），薄薄的一本也符合羅孚回憶中那「小冊子」的份量及模樣。最後，羅孚在〈絲韋作品簡表〉中把佚著《太平人語》繫於 1946 年，而《重慶消息》雖然沒有標示出版年份，唯內容材料摘編至 1945 年 10 月 24 日止，若說成書於 1946 年前後，極有可能，也很合理。

重慶消息

中國出版社出版

《重慶消息》封面

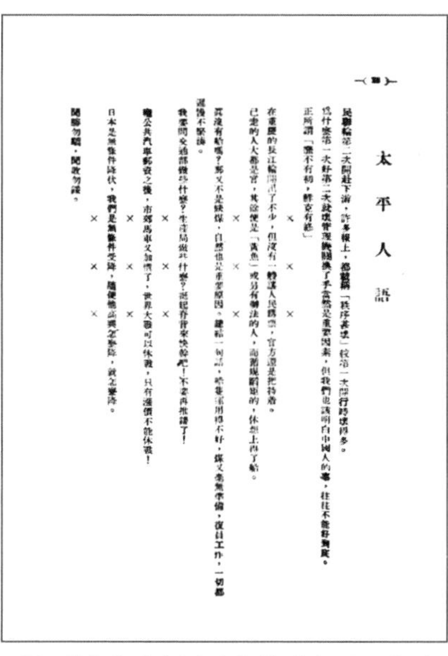

太平人語

民聯輪第二次開赴下游，許多報上，都聲稱「秩序甚壞」，較第一次開行時壞得多。

爲什麼第一次好第二次就壞，管理機關換了手當然是重要因素，但我們也該明白中國人的事，往往不能好到底。

正所謂「靡不有初，鮮克有終」。

× × ×

在重慶的長江輪開出了不少，但沒有一艘讓人民購票，官方還是把持着。

已走的人大都是官，其餘便是「黃魚」或另有辦法的人，循規蹈矩的，休想上得了船。

× × ×

真沒有船嗎？那又不是。缺煤，自然也是重要原因。總結一句話，船隻運用得不好，煤又毫無準備，復員工作，一切都遲慢不堪論。

× × ×

我要問交通部做些什麼？生產局做些什麼？還是拿出辦法快幹吧！不要再推諉了！

× × ×

繼公共汽車郵資之後，市郊馬車又加價了，世界大戰可以休戰，只有漲價不能休戰！

× × ×

日本是無條件降伏，我們是無條件受降，隨便他們與否受降，貧乏變降。

聞勝勿驕，聞敗勿餒。

見刊於《重慶消息》的「太平人語」

《太平人語》成書的構想

現階段若直接説《重慶消息》就是羅孚回憶中的《太平人語》，也許尚有商榷的餘地。所謂「書有未曾經我讀」，個人未見過的書不等於該書不存在。説某本書存在容易，若要下否定結論，則須經長時間、大規模的搜尋方可。不過，根據《重慶消息》這本小冊子，我們起碼可以證明：「太平人語」專欄的部分內容，確曾以「書」的形式於1946年前後在東北出版過——縱然此書不能算是羅孚的個人作品集，而書名亦不是羅孚記憶中的「太平人語」。

保守一點説，《重慶消息》即使不是《太平人語》，但作為摘編、輯錄羅孚作品的最早著作（十三篇「太平人語」在書中佔三分一之強），也應得到研究者的重視。此外，若真有《太平人語》一書而至今尚未「出土」，則研究者不妨用心整理《大公晚報》及《民主生活》上的相關材料，把各篇文章合編並「還原」成書；如此則《太平人語》雖似佚而實存，當可彌補羅先生尋書不獲的一點遺憾。

按：

本文發表於《明報》世紀版，2022年8月10日，經修訂後輯入本書。

黃曼梨雅好文學

藝人愛好文學，畢竟是好事。陸游説「汝果欲學詩，工夫在詩外」，這其實跟「汝果欲學戲，工夫在戲外」的道理相同。所謂「戲外」，可以包括文學書法繪畫茶藝歷史文化語言哲學宗教時事常識閱歷……，而文學與演藝關係尤為密切，多讀書多寫文章肯定可以提高演員的品味和修養。

黃曼梨——一位又資深又專業的演員。她生於香港，是地道香港人，上世紀三十年代拍過不少電影，擅演苦情戲，有「悲劇聖手」之稱。五十年代她成為「中聯」的中堅，曾積極參與電影界的「清潔運動」，七十年代改拍電視劇演中老年婦人無論是善良主婦或惡毒家姑都一樣演得入木三分。1957 年粵語電影《小婦人》改編自美國著名小説《Little Women》，她在劇中飾演沈家四位姐妹的母親——原著中的 Mrs March——演技自然而感情真摯，不知她有否讀過原著。1975 年攝製的電視劇《小婦人》同樣改編自《Little Women》，母親一角依然由黃曼梨飾演，看來不作第二人選。1986 年她年屆七十尚參演奇幻愛情電影《夢中人》，這部電影的男女主角正是周潤發和林青霞。

至於黃曼梨雅好文學我是看侶倫在《大公報》上的〈藝壇俯拾錄〉才知道：「黃曼梨愛好文學。戰前，聽説她曾經對雜誌上的一篇小説流淚讀了三遍。」黃曼梨流淚讀了三遍的那篇小説，正是侶倫在 1937 年 6、7 月《朝野公論》上連載的的名作〈黑麗拉〉。這篇小説後來在 1941 年與〈迷霧〉、〈絨線衫〉、〈鬼火〉、

〈西班牙小姐〉、〈永久之歌〉和〈母親說的故事〉合輯成小說集正式出版。1942 年侶倫把〈黑麗拉〉改編成電影《蓬門碧玉》，張活游、路明、姚萍、容玉意主演；黃曼梨倒沒有參演。侶倫說黃曼梨的妹妹曼珠也深受〈黑麗拉〉感動，還曾到過尖沙咀找尋小說中那爿虛構的「孔雀咖啡店」。讀小說能投入到「不辨真假」看來曼珠也是熱愛文學、感情豐富的性情中人；黃曼梨在自傳（「自傳」由黃曼梨口述，占夢筆記）中也曾談及這位妹妹：

> 曼珠因丈夫去世，在港無法生活，隻身飛往星加坡謀生，臨行前把女兒交託我撫養的。她赴星後，因戰亂關係，大家久不通訊。聞說她在星與一個姓吳的青年結了婚，但這個姓吳的後來入伍參加抗戰，結果為日軍抓去，並殺了頭。
>
> 惡耗傳來，曼珠悲傷萬分。她哭了幾晝夜，後來竟然在酒店服毒自殺殞命。酒店把此事向日軍報告，日軍檢驗後，把她的屍首拋下海中，就此「海葬」，屍骨無存。

查 1938 年 3 月上海的《電聲》周刊有關於羅朋在香港與黃曼珠談戀愛的報道，文章說曼珠是「紅極一時的紅舞星」，如此看來，其生平遭遇也實在算得上是一部讓人邊讀邊流淚的小說。

黃曼梨也寫詩寫文。1938 年她在香港早期電影雜誌《藝林》半月刊（第 29 期）上「明星文章」欄發表過一首題為〈生命之花〉的短詩：

黃曼梨照（約四十年代）
上署「給珠妹」、「梨贈」
「珠妹」就是黃曼梨的妹妹曼珠

枯萎了我的生命之花，
幾瓣憔悴的葉，
幾根枯瘦的丫，
它，曾經產生過嫩綠的葉，
它，也曾開過燦爛的紅花，
但——可憐呀！給那狂風暴雨摧殘了，悄悄的墮下。
埋沒在泥中腐化，
而今呀！生命之花，
既沒有青春，又沒有光華，
那末只得任它在寒風中飄零顫抖吧！！

詩雖然寫得有點文藝腔且押韻押得頗為刻意，但在動蕩時代寫詩

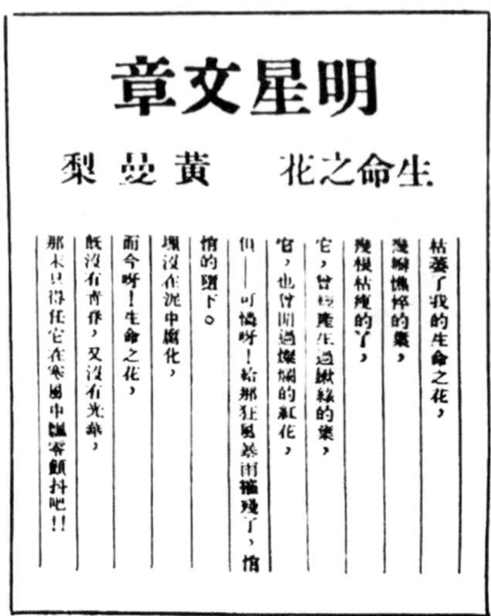

明星文章

生命之花 黃曼梨

枯萎了我的生命之花，
幾瓣憔悴的葉，
幾枝枯瘦的了，
它，曾經產生過鮮綠的葉，
它，也曾開過燦爛的紅花，
但──可憐呀！給那狂風暴雨摧殘了，慘
慘的墮下。
埋沒在泥中腐化，
而今呀！生命之花，
既沒有青春，又沒有光彩，
那末只得任它在寒風中飄零顫抖吧！！

《藝林》1938 年 5 月 1 日第 29 期，黃曼梨的新詩

用上「枯萎」、「憔悴」、「枯瘦」、「腐化」、「飄零」和「顫抖」等語，又覺相當貼切，並非強說愁也非無病呻吟。《藝林》第 41 期有介紹她的文章，同樣提及她的文學修養：

> 黃曼梨自然不是了不得的學貫古今，中西兼長的學者。不過她的英語、國語説得同等流利。文學根柢使她在電影演技上獲得了相當的成功。

1940 年 1 月黃曼梨為香港的《天下》畫報元旦號撰寫的題辭也頗見心思，題辭有「除我們的仇人外 / 天下人都同情我們的神聖抗戰」之語，運意頗巧：當中「天下」二字一語雙關，既指刊物名稱，亦兼指「全世界」的意思；「天下人」是《天下》畫報的讀者，也兼有「全球人士」之意。

1959 年 1 月《茶點》的「新年特輯」刊登黃曼梨的〈新的憧

除我们的仇人外
天下人都同情我
们的神聖抗戰
天下畫報元旦特題
黃曼梨贈

《天下》1940 年 1 月元旦號，黃曼梨題辭

憬〉，是時已無戰事，她在回顧中對人生寄寓了新的希望：

> (……) 過去，每到年終，或多或少總有些感觸。兒時有兒時的感觸，壯年時也有感觸，到了中年，感觸更多。兒時的感觸，也可以說無所謂感觸，直覺眼前是光輝一片；到了壯年，稍懂珍惜時光，年終做個總結，看看過去幹出些什麼成積（績）來，而後要求自己爭取明年做得更好；步入中年，有時很有點傷感，自悔昔日做事太少了，而時光又太無情。
>
> 到了今年，世界有了很大變化，自己思想上、精神上也起了大變化，無論對什麼事，都比較看得通透，於是眼前又有了新的幢（憧）憬，乃覺得過去的傷感實在傻氣。(……)

文中「兒時」、「壯年」、「而今」，與蔣捷〈虞美人〉講的人生三個階段、三種體悟，同中有異，頗見互涉：

少年聽雨歌樓上。紅燭昏羅帳。壯年聽雨客舟中。江闊雲低斷雁叫西風。　而今聽雨僧廬下。鬢已星星也。悲歡離合總無情。一任階前點滴到天明。

黃曼梨記性好又認真，鄭裕玲說她「入廠」拍劇是不用帶劇本的。幾句宋詞相信她早已倒背如流，難怪下筆寫幾句新春隨想都有板有眼。

按：

本文發表於《明報》世紀版，2022年12月30日，經修訂後輯入本書。原題為「青黃相接——由林青霞想到黃曼梨」，今改為「黃曼梨雅好文學」。

香港的文學獎

文學獎與「文學圖譜」

香港有不少以「文學」作標榜的獎項，由官方單位主辦的有「中文文學創作獎」(創作獎)，1979年創立，由公共圖書館主辦，宗旨為促進市民對文學的欣賞及提高市民對中文文學創作的興趣和水平；「全港詩詞創作比賽」(詩詞比賽)，1991年創立，由公共圖書館主辦，單年比詩，雙年比詞，目的是提高市民運用中國語文和欣賞韻文的能力；「香港中文文學雙年獎」(雙年獎)，1991年創立，由公共圖書館主辦，旨在表揚香港文學作家的傑出成就，鼓勵他們繼續創作優秀的中文文學作品，同時亦推動香港出版商出版香港文學作家的優秀中文作品；「香港藝術發展獎(文學組)」(發展獎)，2003年創立，由香港藝術發展局主辦，旨在表揚在香港文化藝術界有卓越表現的藝術工作者，以及積極支持藝術活動的人士及團體或機構，肯定他們的努力和成就。

由非官方單位主辦的獎項則有「青年文學獎」(青獎)，1972年創立，由青年文學獎協會主辦，通過舉辦一年一度的文學比賽及將得獎作品結集成書，為熱愛創作人士提供發表作品的途徑，從而鼓勵文學創作；「新紀元全球華文青年文學獎」(新紀元青獎)，2000年創立，由香港中文大學文學院主辦，宗旨是鼓勵全球青年以華文創作，令中華文學得以薪火相傳；「紅樓夢獎：世界華文長篇小說獎」(紅樓夢獎),2005 年創立,由香港浸會大學文學院主辦,旨在表揚全世界的優秀華文長篇小說;「大學文學獎」(大學文獎),2000 年創立,由香港浸會大學文學院、語文中心及香港文學推廣平台合辦,宗旨為提高同學對創作的興趣及創作水平;「李聖華現代詩青年獎」(現代詩青獎),2011 年創立,由培英中學校董會、中華基督教會香港區會主辦,宗旨為鼓勵及推廣香港現代詩創作、傳承及發揚中華漢詩傳統;「孔梁巧玲文學新進獎」(新進獎),2017 年創立,由香港浸會大學香港文學推廣平台主辦,目的為表揚有潛質、具創作活力而持續創作的香港年輕作者。

以上十個文學獎,在過去約半個世紀(1972-2017)為香港文壇發掘了不少寫作人才,鼓勵並肯定了一代又一代的寫作人,在香港文學發展以至華文文學發展的歷史中,這些規模或大或小的文學獎都不應被忽視。向陽在〈海上的波浪:小論文學獎與文學發展的關聯〉(2003)中說過:

> 沒有一部文學史用文學獎的得獎數量來看待作家的歷史地位,作品才是一個作家終身的身分證。文學獎對文學發展產生的作用,可能不是文學史的,而是文學社會學的意義。

話雖如此,但如果我們嘗試細心地把以上十個文學獎的歷屆得獎者名字蒐集、排列起來,我們會看到:鍾玲玲、何紫、西西、也斯、劉以鬯、小思、黃國彬、董橋、潘兆賢、王忠義、白福臻、鍾曉陽、董啟章、黃碧雲、陶傑、崑南、關夢南、王良和、胡燕青、陳德錦、陳智德、廖偉棠、鄧小樺、劉偉成、麥樹堅、呂永佳、黃以芍、黃照、李敬邦⋯⋯，那確是一頁不容忽視的文學清單，當中包括香港老、中、青輩的作家及其作品，綜合而觀之，更儼然是一軸完整、豐富而別具參考價值的「文學圖譜」，在完整的香港文學史尚未編出之前，這份由歷屆文學獎賽果編織而成的「文學圖譜」，實在不妨視之為香港文學斷代史中某個特定專題的重要粉本。

文學獎價值的不同詮釋

「創作獎」、「青獎」、「新紀元青獎」及「大學文獎」性質都是徵文，即參賽者以單篇作品參賽，評獎方法簡單直接且行之有效。「現代詩青獎」性質也屬徵文，但已進一步擴展至要求參賽者以「一組」(多於一篇) 作品參賽，與傳統以單篇作品參賽的做法又自不同。「詩詞比賽」則維持單篇作品參賽的做法，但賽會為確保評選公正，評判團會約見學生組入選參賽者，並要求入選者即席對聯；評獎的程序亦見新意。

「雙年獎」及「紅樓夢獎」則要求以「文學著作」(有 ISBN 書號的文學書籍) 參賽，參賽門檻相對較高。「紅樓夢獎」的提名門檻也高：賽會規定提名人只限於獎項的籌委會委員，以及獲委員會認可及邀請之出版社。

「發展獎」與 2017 年新辦的「新進獎」則以參賽者的總體文學表現及相關貢獻為評獎根據，即同時考慮參賽者的文學履歷及創作水平，要求較為全面。「新進獎」為了具體符合「肯定文學新進」的授獎原則，賽制規定參賽者須介乎十八至三十歲且從未以個人名義出版過著作，這大概可以理解為專為「具潛質的文學素人」而設的一個頗具特色的新獎項。

各個文學獎根據或同或異的參賽要求評出符合指定標準的得獎者（或作品），賽規縱然不盡相同，但目的宗旨不外是鼓勵寫作與發掘優秀作者。這個目的或宗旨當然也可以引發不同的詮釋，焦桐就曾在〈想像之狐，擬貓之筆〉（1998）中以臺灣的文學獎為例，提出以下的看法：

> 因此文學獎的得獎就是一條捷徑，是文藝青年一夕成名的捷徑。我曾在一篇論文裏指出：臺灣這些文學獎的存在，尤其是影響力最廣泛深遠的兩報文學獎，具現為一種權力位階的生產，評審被世俗化為德高望重者，參賽者被世俗化為有待提攜的後進——只有獲獎者才能靠那名聲晉升位階，甚至轉而擔任評審，獲獎者的名聲不是孤立的榮譽或金錢利益，它通過媒體的權力操作，取得某一種合法性的位階。

「具現為一種權力位階的生產」的說法不無道理，「參賽者被世俗化為有待提攜的後進」說到底也許只是籌劃獎項單位「一廂情願」的想法；文學獎到底是好是壞？又有何價值？是非常值得討論的課題。關夢南在〈機會來了！文青！細數香港文學獎金六十年之路〉（2017）中也說過：

> 結果是創作為了拿獎，沒獎不動筆。雖然弔詭諷刺，也根本扭曲了「重獎之下必有勇夫」的原意，但又不能說這不是香港目前文學生態的真實面貌。

此外，我們還應注意在眾多得獎者中還有些「資深得獎者」，他們既用不着再受別人「提攜」，更似乎也再用不着「晉升位階」，授獎與受獎都可能純屬錦上添花的致敬之舉。但無論如何，文學獎還是值得辦下去的——高行健的諾獎感言〈文學的理由〉（2000）中有「我感謝你們把這最有聲譽的獎賞給了遠離市場的炒作不受注意卻值得一讀的作品」的話——畢竟，鼓勵與肯定，對任何人來說都是需要的，因為，那往往是堅持與力量的來源。

文學獎的其他可能

香港還有需要新辦其他文學獎嗎？答案是肯定的。

承上所說，文學獎雖有利也有弊，但筆者認為始終是利多弊少。反正任何「獎賞」都一定與名譽（位階）或利益（獎金）拉上或深或淺的關係，至於「權力位階的生產」這回事亦幾乎是所有「比賽」或「獎賞」本質的一部分，若將之看成是「罪」，大概可以理解為「原罪」，可說是不能避免的。金無足赤，人與事皆然，籌辦文學獎更不必存有「潔癖」的心態。更何況，香港大部分的文學獎都或多或少附帶着與文學有關的沙龍、演講、出版、發表、工作坊、展覽、專訪、報道等元素，對推廣文學的的確確起着積極而具體的作用。筆者傾向以正面角度肯定文學獎的價值，是以在出任香港文學推廣平台主任期間，積極在已有的文學獎項外另行籌劃成立全新的「孔梁巧玲文學新進獎」，以期為努力寫作而具潛質的新進作者多提供一個受肯定或「晉升位階」的機會。筆者深信，只要新獎項有獨特的對象、依據或體裁，在不與舊有獎項重複的大前提下，新的文學獎項還是有設辦的空間和必要的。

比如「現代詩青獎」、「新進獎」以及官辦的四個獎項，評獎對象均為香港人，「大學文獎」的評獎對象則為香港的大專生。「青獎」、「新紀元青獎」及「紅樓夢獎」的評獎對象卻都不限於香港人，即凡以華文寫作之海內外人士，皆可參賽。新辦獎項倘能在參賽者的身分、年齡甚至性別上另訂新的要求，一定更有意義。

又比如，新辦獎項倘能在參賽作品方面有新的組合或要求，則獎項的個性會更鮮明。籌劃者不妨考慮在參賽作品的「書寫語言」上動腦筋，例如，是否可以為以英文書寫的文學作品另立新獎？香港詩人黃裕邦的英文詩集《CREVASSE》（中譯「天裂」）2016 年在美國獲頒 Lambda Literary Awards，類似《CREVASSE》的外文作品肯定是香港文學的組成部分，但現時這類作品在香港尚未有任何「參賽」的途徑，這問題值得有意設辦文學新獎項的單位關注和思考。

至於參賽的作品體裁，現有的文學獎大概已觸及小說、詩歌、散文、評論、少兒文學及翻譯文學等不同文類，新詩、古典詩詞及小說亦已設辦了獨立獎項，倘另辦新獎，不妨考慮為散文、評論、翻譯文學或少兒文學以至繪本等文類獨立設獎。以香港文學推廣平台主辦的「中文舞台劇本創作比賽」為例，這比賽暫時雖尚屬浸大的校內活動，倘若條件、資源許可，類似的活動可以改為面向公眾，成為「全港舞台劇本創作獎」之類的新獎項，在現有的參賽作品體裁外另建新域。復如香港文學生活館於 2015 年首辦的「香港文學季推薦獎」，為讀者評選推薦優秀的創作類或非創作類的文學書籍，這是在「文體分類」的傳統考量以外另闢評獎新徑，構思新穎可取，值得重視，值得參考。

此外，還可以考慮「獎」與「金」之間是否有着必然的關係。上文提及的十個獎項都設獎金，獎金最高者當推「紅樓夢獎」，得獎者可獲獎金港幣三十萬元，獎金之高僅次於茅盾文學獎（人民幣五十萬元）。試作逆向思維，新辦獎項是否可以在獎金項目上放棄「更上一層樓」的競鬥思維，來一次徹底的「反高潮」，不設獎金，轉而強調以嚴格、專業的文學評審團隊評選出優秀作品，以「崇高榮譽」及「專業肯定」取代獎金。事實上，香港現時幾個以「書籍」參賽的獎項都不設獎金，如「香港書獎」、「十本好讀」、「香港文學季推薦獎」及2017年新辦的「香港出版雙年獎」，參賽仍見踴躍，獲獎作品亦具水準。足證「不設獎金」並非不切實際的空想，而是可行且值得嘗試的方案。

文學獎的「互動死結」

綜合多年籌辦文學獎的經驗並輔以觀察所得，運作或新辦一個文學獎首要面對的固然是資金問題。筆者在多次為活動募款的經驗中，過程雖不能說容易，但亦深感願意出資支持文學的實在大不乏人，只要主辦單位在文學推廣上有良好的「過往業績」，帳目管理誠實認真，而活動又能辦得用心、有特色、有理念，一眾有心人都樂意在資金上作支持。籌辦文學獎要面對最大的困難反而與「評判」有關。一個文學獎項的「認受性」往往與「評判」的水平與資歷直接掛鈎，「評判」是整個獎項的「價值根源」，籌劃者都非常重視。有籌辦文學獎經驗的朋友都一定有「找合適的評判難，要求不重複，更難」的真切體會。筆者在籌辦文學獎活動時就常常為邀請評判而傷透腦筋，卻還不時收到類似「來來去去都係嗰幾個人輪流做評判」的善意回應。事實上，適合當評判的作家其數量本來就是文壇金字塔近尖頂的那一角，而他們基於種種理由，不一定都願意應邀當評判，如此一來，好些有水平而真心願意在百忙中撥冗幫忙當評判的作家絕對是不可多得又炙手可熱，因此屢獲文學獎的籌劃單位邀請，久之漸漸成為多個甚或同一個文學獎評判席上的常客——這個「互動死結」實在難解；在此提出，非求體諒，特以此質諸城中諸君子：可有良策？

按：

1. 本文發表於《明報月刊》(附冊)2017年9月號，經修訂後輯入本書。原題有「回顧與前瞻」五字，今刪。
2. 本文選取香港十個較具代表性的文學獎為主要例子，是為求討論焦點集中，並非說香港只有十個文學獎；討論過程盡量旁涉其他相關的獎項。
3. 本文寫於2017年，因此不可能包括2017年以後新籌辦的文學獎，而文中談及的某些文學獎今天亦可能已經停辦。此外，某些文學獎賽規亦有改動，如「孔梁巧玲文學新進獎」參賽者須介乎十八至三十歲的年齡規定，由第五屆開始改為四十歲以下。

《香港經典文史掌故期刊目錄》整理始末

一

「香港經典文史掌故期刊目錄」，顧名思義，計劃的主要工作就是抄編、整理期刊目錄。

「香港經典文史掌故期刊」的「目錄」是本計劃的整理對象，當中五組關鍵詞的意思，分述如下：(1)「香港」，指的是期刊的出版地；(2)「經典」，意即期刊需為重要而具認受性者；(3)「文史掌故」，指的是期刊內容，以發表文學、歷史或掌故的文章為主，廣義而言，一些與中國傳統藝術有關的文章，如金石書畫戲曲等等，都包括在內；(4)「期刊」，泛指與書籍著述有別的定期刊物，如半月刊、月刊或雙月刊，都包括在內；(5)「目錄」的意思，狹義指期刊中篇章的標題，廣義而言，與目錄相關的期刊名稱、出版日期、期數卷數、作者名字及頁碼，都包括在內。

符合「香港經典文史掌故期刊」定義而納入本計劃的期刊有五種，即《南金(香港)》、《大華》、《大人》、《掌故》、《大成》。五種期刊簡介如下：

1. 《南金(香港)》凡1期(篇目71條)，高貞白(高伯雨)、王季友主編，南金學會出版，1947年10月在香港創刊，創刊號同時是終刊號。[1]

2.《大華》凡 55 期(篇目 1016 條)。第 1 至第 39 期為半月刊,[2] 第 40 至第 55 期為月刊;林熙(高伯雨)主編,大華出版社出版。1966 年 3 月 15 日創刊,1968 年 2 月 10 日休刊;1970 年 7 月復刊,1971 年 7 月終刊。

3.《大人》凡 42 期(篇目 907 條),月刊,沈葦窗主編,大人出版社有限公司出版,1970 年 5 月 15 日創刊,1973 年 10 月 15 日終刊。

4.《掌故》凡 70 期(篇目 1331 條),月刊,岳騫(何家驊)主編,掌故月刊社出版,1971 年 9 月 10 日創刊,1977 年 6 月 10 日終刊。

5.《大成》凡 262 期(篇目 6286 條),月刊,沈葦窗主編,大成出版社出版,1973 年 12 月 1 日創刊,1995 年 9 月 1 日終刊。

二

這五種經典文史掌故期刊出版所跨之年度,由上世紀中葉至九十年代,可謂集半世紀文史掌故材料之大成;部分執筆者如高貞白、簡又文、余少颿等人,其作品亦互見於這幾種期刊之中。時至今日,研究者仍然十分重視這批期刊材料。臺灣出版

1 與《南金》同名的雜誌有傅芸子等主編的《南金雜誌》(1927 年至 1928 年,共刊 10 期),天津南金雜誌社出版。事實上兩種同名期刊並無關係;但由於香港出版的《南金》傳世甚少,而兩本雜誌的名字又相同,一般讀者都誤以《南金雜誌》是在香港創刊的《南金》。本計劃在表述上為免引起歧義,故在期刊名字之後附加「香港」為限定修飾。

2 第 7 期、第 8 期為合刊。

人兼文史研究者蔡登山，在2016至2020年間編整出《大華》、《大人》及《掌故》的「復刻本」，在臺灣發行，讓千禧年代的讀者都可以讀到這些珍貴材料。而二百多期的《大成》因期數多未易「復刻」，卻意外地成為收藏界的新寵兒，有紙本刊物收藏家以集齊一整套《大成》為集藏目標；文史掌故期刊在參考價值以外兼具集藏價值，情況既特殊又矚目。[3]

這五種期刊的主編既是作家又是文史掌故專家，又以交遊與人脈的關係，所組稿件素質極高，極具參考價值。此外，期刊當中部分長篇連載的長稿業已匯編成單行本專著，這些匯編成果可反映這批期刊的文獻價值與份量，例如：（1）《英使謁見乾隆記實》，原稿由高伯雨中譯，在《大華》雜誌連期刊載，1972年匯編成書；（2）《謙廬隨筆》，原稿由矢原謙吉執筆，在《掌故》雜誌連期刊載，1974年匯編成書；（3）《銀元時代生活史》，原稿由陳存仁執筆，在《大人》雜誌連期刊載，1973年匯編成書；（4）《章遏雲自傳》，原稿由章遏雲執筆，在《大成》雜誌連期刊載，1985年匯編成書；（5）《粵劇六十年》，原稿由陳非儂口述，余慕雲執筆，在《大成》雜誌連期刊載，及後輯成單行本，2007年由伍榮仲、陳澤蕾再度匯編出版；（6）《沈燕謀日記節鈔及其他》，日記部分原刊於《大成》，2020年朱少璋重輯並增補材料，出版成書。

五種期刊中，《南金（香港）》的情況比較特別。當年因經費

3 《大華》、《大人》、《掌故》及《大成》，讀者可於香港各大學圖書館或中央圖書館借閱（不同單位收藏期數或有出入）。香港大學、中文大學及浸會大學收藏的《大成》較完整；而《大華》、《掌故》、《大人》三種雜誌亦已有完整復刻本（臺北：秀威出版），讀者可以購閱；《南金（香港）》則見藏於香港大學圖書館。

問題，《南金（香港）》只出版過創刊號，市面上亦只有大約一百冊流通，原刊流傳不廣，[4]故較少讀者注意，知之者亦少；以下為讀者略作補充説明：《南金（香港）》是香港重光以後第一本以介紹藝術文物為主的期刊，內容詳贍可觀，而且文精圖美；如果要探討香港在近現代嶺南文化藝術發展中的地位和角色，《南金（香港）》無疑是重要的刊物，值得研究者的重視。[5]誠然，《南金（香港）》的性質較接近「文物藝術」，但當中亦不乏文史掌故的材料：任真漢的〈現代國畫趨向〉談到現代國畫中的舊派、新派和折衷派。任氏另一篇〈唐宋繪畫考〉則透過討論二閻、尉遲乙僧等人的作品，縷述了初唐的繪畫特點，同時透過討論吳道子的作品，分析了盛唐繪畫中的改革氛風。簡琴齋在〈書法漫談〉的短文中，提出書法強調神韻、氣象、布白、意態、起伏疾徐等五個要點，反對只以光、烏、方所規範。鄧爾雅在〈隋尉富娘墓志跋〉中考證了「吳公李氏女」姓「尉」之原由，考證詳贍可觀。鄧氏另一篇〈印學源流及廣東印人〉，由「周姬尚文，肇興璽印」講起，兔起鶻落，縷述了各朝的印章發展，明清以來印章發展尤寫得詳盡。高貞白的〈黃石齋論書〉抄錄了黃石齋閒居時隨意手書的論書文字，當中「作書是學問中第七八乘事，切勿以此關心」

4 讀者詳參高貞白：〈香港一部藝術雜誌——「南金」〉，載《大華》第 34 期（香港，1967），高文記《南金》出版事首尾甚詳。《南金》本來是印行一千冊的，但最後在市面上流通的只有一百冊，主要原因，高氏在文中有這樣的記載：「……由我（筆者按：即高貞白）擔保，先交一百冊，拿到了後，才可以憑書向廣告訂戶收帳。陳君（筆者按：即一新印務公司的老闆）首肯。交書一百冊……《南金》出版後，流在市面的僅僅這一百本……。」

5 朱少璋：〈質乃源於古意——淺論《南金》之特色與價值〉，2007 年 10 月香港大學主辦「東西方研究國際學術研討會」論文，未刊。

一語，可謂當頭棒喝。高氏另一篇〈薑廬談薈〉集筆記與掌故、見聞於一爐，讀來趣味盎然。「談薈」中「細書」一條介紹微雕藝術，「詩讖與扶鸞」一條則講扶乩軼事；「張之洞之『甏婦』」一條則近似「書評」，主要針對鄭逸梅《人物品藻錄》中記錄與史實不符之處作回應。諸如此類的輕鬆文字，在藝術雜誌的嚴肅氣息中滲入了一脈活潑氣息，像這樣的內容，應該更能引起讀者的閱讀動機。由高氏執筆的〈藝壇報道〉，報道了藝壇近況，有介紹書畫展覽、有介紹文藝書籍的出版動向、有介紹藝術家的動向；內容儼如藝壇「新聞」採英，甚具特色。鄧元翊的〈烟雲回憶〉就個人與畫家交往時之所聞，隨想隨記，當中談到「南北分宗」的問題，並兼論上海女子書畫會及顧青瑤的作品。

三

上述五種文史掌故期刊，合共四百三十期，圖文材料近萬篇，內容相當豐富，備受專家學者重視。北京藏書家謝其章在〈香港「三大」老牌文史掌故雜誌〉一文中，認為《大華》、《大人》和《大成》「填補了那個時期內地的文化『空白』，在香港文化期刊史佔有着異樣光彩的一章」；[6] 董橋說「文化不光是藏在四書五經裏，《大人》、《大成》裏也有」；[7] 蔡登山認為「《掌故》月刊在

6 謝文見《文學評論》第 17 期（2011 年 12 月 15 日）。何家幹在〈空前絕後的《大人》和《大成》〉也有類似說法：「《大人》和《大成》創刊於上世紀七十年代，彼時大陸期刊是一片空白，香港的藝文掌故類的期刊倒有不少⋯⋯。」

7 董橋：〈舊時的月色〉，《英華沉浮錄・卷六・新聞是歷史的初稿》（香港：明窗出版社，1997），頁 139。

香港七十年代前後的文史雜誌，扮演着一定的角色，具有相當高的史料價值」。[8] 材料雖然有價值，但由於篇目多而頭緒紛繁，讀者大海撈針，尋索維艱。有見及此，本計劃以「香港經典文史掌故期刊」為主題，匯輯五種期刊的目錄，[9] 以表格欄列形式編排展示，收錄近萬條篇目（合共約三十多萬字），整齊清楚，便利讀者直觀、瀏覽和翻閱；讀者可據此再配合其他紙本目錄或數位電子搜尋工具，更全面地掌握、運用相關的資料。

按：

1. 本文發表於「香港文學推廣平台」網頁，非紙本；經修訂後輯入本書。
2. 本文提及的《香港經典文史掌故期刊目錄》以非紙本形式展示，電子檔已上載到「香港文學推廣平台」網頁，免費供大眾使用。網址：https://lchklpp.hkbu.edu.hk/publication.php。

---

8 引文出自蔡登山〈岳騫和他的《掌故》月刊〉，見《掌故》復刻本（臺北：秀威出版，2020）「導讀」部分。又：何家幹也曾發表〈香港的《掌故》月刊〉，詳述《掌故》的特色與價值。何文見《掌故》第2集（北京：中華書局，2017）。筆者按：香港的《掌故》是七十年代的舊期刊，中華版的《掌故》是同名刊物，兩種同名刊物並無關係。

9 原目錄中部分用字疑有誤者，謹慎起見，仍予保留，並附參考用字，如：「陸采微/陸採微/陸採薇」；「番女掣龐圖/番女掣厖圖」。

附錄

《南金》簡介

朱少璋

《南金》(香港：1947)，高貞白、王季友編，以介紹及討論文物藝術為主的雜誌，內容豐富，圖文並茂。

因經費問題，《南金》只出版過創刊號，原刊流傳不廣。《南金》的編刊宗旨是「文雖變乎今情，質乃源於古意」，而內容詳贍可觀，文精圖美，無疑是戰後香港文物藝術雜誌的精品。《南金》可以說是香港重光以後第一本藝術雜誌，無論在稿圖的素質以至印刷裝潢上，都可以說得上「精」、說得上「美」。可惜因經費等問題，只出版了創刊號，而雜誌出版後又因交付印刷廠的款帳未清，幾經轉折，終於只有一百冊在市面上流通，其珍稀可以想見了。

因款帳問題，《南金》只有一百冊流出市面，這一百冊最後不知花落誰家。至今就個人粗淺所知所見，現藏上海圖書館的一冊，是高貞白 1948 年寄贈楊千里的。「上圖」藏本內文完整，封面有楊千里的題記(題記無標點)：

> 三十七年一月十日高米齋自港來寄已復書□□之千里記於上海

「三十七年」即公元 1948 年，「米齋」就是高貞白的別號。可惜「上圖」藏本的封面殘掉了最重要的部分。而我收藏的「1%

南金」，則完整地保留了封面上原有的「周夔鳳紋銅卣」彩圖。原來這張銅卣彩圖，是黏貼在封面上的，不小心保存的話，就很容易丟失。

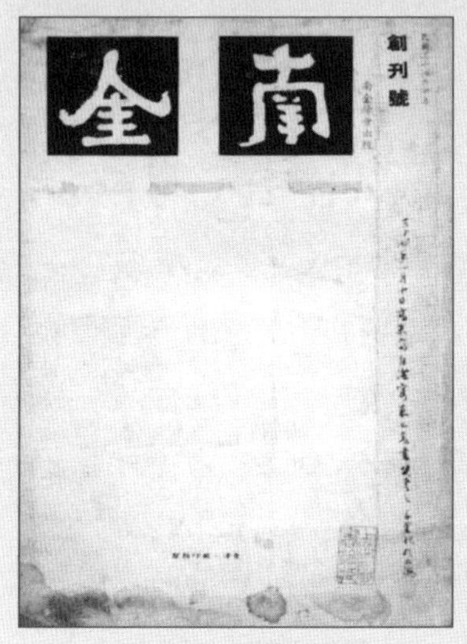

《南金》「上圖」藏本

《南金》朱少璋藏本

一本成功的藝術雜誌，圖片固不可少，而圖片的素質也十分重要。《南金》對圖片的要求頗高，雖然內文刊登的都只是黑白照，但都拍得非常清晰，對讀者了解文物的具體情況，極有幫助。封面的「周夔鳳紋銅卣」更是彩圖，在四十年代能把雜誌的裝潢及相關圖片做到這個水平，實在十分難得。據《南金》的封底開列的出版資料看來，雜誌的內文「活版印刷」由啟明印刷公司處理，而封面印刷則另交專營美術印刷的一新印務局處理，其印刷要求之高，可於此窺見一斑了。

《南金》命名之意蘊，誠如王季友在發刊詞中說：

> 更得鄧君爾雅，潘君庶春，簡君琴齋，任君真漢，張君谷雛，南方藏家畫人等數十人贊襄其事，遂睹厥成。以所見所聞，多在五嶺之南，因名之曰南金，蓋不徒取東箭南金之義。

明顯是強調南方人在藝術創作及集藏上的貢獻與成就。《南金》雖只出版過一期，但當中關於「嶺南」藝術群的概念卻頗明確，這實在是立足於南方、推介南方藝術創作與集藏能力的專刊。在研究嶺南藝術的範疇中，《南金》實在是不容忽視的參考材料。

撫追今昔——《香港竹枝詞初編》

竹枝詞是由古代巴蜀地區的民歌演變過來的一種詩體，典型而優秀的竹枝詞一般都具有非常濃厚的地方色彩，這地方色彩可以表現在內容主題上，可以表現在物事人事上，也可以表現在語用習慣上。可以說，竹枝詞是某個地域的一面鏡子，透過竹枝詞的反映與折射，讀者可以了解不同地區的文化、民俗、生活、土特產品、群體風氣；讀起來特別感到興味盎然。

香港自開埠以來，出現過不少竹枝詞作家，作品為數亦不少，就是沒有人做過有規模、具系統的整理工作。竹枝詞作為香港文學的一個重要組成部分，整理輯注竹枝詞有助擴闊香港文學的研究視野，並可為香港社會變遷、民生今昔、語言演變等課題提供具體的參考材料。香港竹枝詞包含了衣食住行各方各面的寶貴材料，價值是不容忽視的。

由於竹枝詞是甚具「地區個性」的作品，在有關竹枝詞的研究或整理工作上，本地土生土長的學者肯定佔一定優勢，像程中山的《香港竹枝詞初編》（香港：匯智出版，2010）正是由香港學者輯注香港竹枝詞的好例子。天下學問天下人做得，筆者無意強調或誇大香港學者在某方面的學術優勢，但事實上，在搜集香港竹枝詞的資料方面，香港學者較易接觸到近源材料，又可以更方便或更直接地展開田野考察、安排訪問、整理口述材料。而在理解、注釋作品的工作上，本地人也不易被一些特殊用語、潮流用語或方言絆倒。而竹枝詞中提及的種種人物事物舊事的背景，本地人也較易掌握。

程中山的《香港竹枝詞初編》所輯香港竹枝詞作品凡七百餘首，上起晚清，下迄當代（例如尚有詩聚活動的鳴社、璞社及新松詩社的社員作品都有收入）。在地域上講，這七百多首竹枝詞涵蓋了香港、九龍及新界；在題材上講，則涉及香港的城市面貌、鄉村風光、華洋風物、時事舊聞、娛樂玩意及香港早年的青樓風月、曲壇掌故；視之為文字之浮世繪、今昔鏡，或不為過。如1926年黃沛祥的〈香港竹枝詞〉：「中西學校似星羅，程度高低任若何。無分公立還私立，不列顛文教授多。」作品講關於香港的教育，有趣而具歷史意義。又如1973年劍琴樓主的〈香江竹枝詞〉：「閒遊新界米魚鄉，村女村男半學洋。一例夷風吹僻壤，兒童名亦用雞腸。」作品提到華洋雜處下香港年輕一輩受英文影響的情況，當中用「雞腸」代指草書英文，那該算是上一輩港人的「惡搞」用語了。1951年柏年的〈香港竹枝詞〉：「西裝革履襯嬌娥，路上相逢呼哈囉。美式新裝英式語，可憐歐化女人多。」作品則對崇尚歐美的時髦女性表示不滿，但今天看來，香港男男女女大都是西裝革履、相逢呼哈囉（hello）的了。上舉各例以及書中涉及的掌故、典故、術語、粵方言、音譯詞、舊地名、人名或事物，輯注者都盡量作了簡注，方便讀者。

輯錄在《香港竹枝詞初編》的作品，在語言上均繼承了傳統竹枝詞的淺白特色，而部分作品在用語上更滲入甚具「地道色彩」的方言、術語、直譯英語；讀起來令人時發會心微笑。如1983年，郭芸夫〈香江竹枝詞・經濟即景〉：「買樓排隊如輪米，當日何多有水人」，「水」是香港特殊用語，可理解為「財富」，句中的「有水」即指「富有」。又如1924年陳灝風〈香港新年竹枝詞〉：

「閒約遊春笑口開，公司乘獵上天臺」，句中「乘獵」之「獵」即英文（lift），即「升降機」。又如 1924 年陳灞風〈香港新年竹枝詞〉:「妒煞鄰姬收利市，懷中新抱列滔杯」，「列滔杯」，即英文（little boy），即「小孩子」。

竹枝詞在題材上略可分為「本地作家寫本地題材」及「本地作家寫非本地題材」兩大類。程中山的《香港竹枝詞初編》是集中處理「本地作家寫本地題材」的竹枝詞，至於香港作家歌詠其他地區的竹枝詞（如陳耀南《東瀛詩草》中部分詠日詩作、璞社成員的《韓城集》中詠韓詩作），暫未輯注入集。筆者認為，作為香港區竹枝詞的第一部總集，《香港竹枝詞初編》優先處理「本地作家寫本地題材」的作品，好處是主題焦點集中，並能標示地方色彩；輯注者的考慮是值得肯定的。假以時日，「香港竹枝詞」的輯注範圍不妨有步驟、有計劃地展延至「本地作家寫非本地題材」的作品上去，由「點」而「線」，由「線」而「面」，成果就會更豐碩。

筆者正期待以「香港竹枝詞」為主題的「續編」、「補編」或「外編」可以陸續出版，讓讀者有機會欣賞到更多貼近生活、活潑生動、通俗有趣的作品。

按：

1. 本文發表於《百家文學雜誌》2010 年 10 月第 10 期，經修訂後輯入本書。
2. 程中山另編有選注本《香港竹枝詞選》（廣州：廣東人民出版社，2013）。

粵謳的整理工作

粵謳與木魚、龍舟、南音、板眼同屬粵調的重要組成部分。現時，龍舟、南音、板眼都較完整地保留在粵調的曲式體系內，粵謳卻已漸遭遺忘。早期的粵謳多由文人用廣東方言創作，流行於廣州一帶。粵謳唱詞俚俗而地道，內容活潑而具生活氣息，旋律優美而婉轉。

粵謳又稱越謳，也有泛稱之為「廣東調」。粵謳較準確、近狹義的意思是指流行於廣州地區的粵語說唱曲藝，概念上包括音樂、唱腔、語音和唱詞；粵謳與木魚、龍舟、南音、板眼同屬粵調的重要組成部分。粵謳本來是珠江花艇、歡場妓女所唱的情歌，這些情歌可以為客人提供娛樂，也同時是妓女自嘆自憐的心聲，更可以是紅男綠女相互思慕之情意。相傳粵謳是清代康熙年間的王隼始創，再經嘉慶、道光年間馮詢、招子庸等文人繼承而發揚光大。邱菽園在〈招子庸粵謳〉中說：「清初嶺南詩老王蒲衣，善琵琶，能以意自為新聲，著有《琵琶楔子》一書，是為招子庸《粵謳》之濫觴乎？」事實上，現存粵謳最早的曲本正是招子庸所輯撰的《粵謳》(當時稱為「越謳」)。

二十世紀初，部分知識分子開始着眼於粵謳的「功能」。如梁啟超接受了黃遵憲的建議，在新辦的《新小說》創刊後特別新闢了「雜歌謠」欄目，用來專門發表包括粵謳、彈詞等通俗作品，目的是要以粵謳等說唱文學的通俗特色滋養詩歌創作；而粵謳亦因此而順勢流行起來。後來復因政治需要、潮流需要、革命需要或宣傳需要，發表在報章上的粵謳真如雨後春筍，風行一時。到了辛亥革命前後，不少文人借用粵謳體式，注入新題材新內容，用以譏諷當時權貴或針砭時政；黃魯逸和廖鳳舒就是個中的表表者。這類作品有力地反映社會實況與政治現狀，這個時期的粵謳出現不少反映現實、抨擊黑暗、討論政治、呼應時代、針砭時事的作品；風格題材與早期的粵謳又自不同，可謂耳目一新。這批作品實在是粵謳發展過程中的一支異軍，其剛健風貌矚目而別具一格，值得重視。但與此同時，粵謳事實上已由「傳唱」漸漸轉變為「傳閱」。粵謳委婉綿延而細緻悠閒的本質，大概與時代潮流品味相扞格，難遇知音。加上二次大戰後碩果僅存、真正懂得唱傳統粵謳的瞽姬師娘亦相繼淡出曲壇，又或因年紀老邁相繼辭世——在種種不利條件的影響下，粵謳的說唱藝術在二十世紀中葉以後便瀕臨失傳；只有粵謳的唱詞藉着各種刻本、印本、抄本、舊報而得以保存下來。

上好的粵謳和上好的文學作品都一樣，都是作者有感而發的作品，所謂曲由心生，因此粵謳所反映的歷史面貌、民生狀況、男女心聲或論者意見，都是實在、率真而深刻的。可是，對粵謳的原材料作系統整理的工作成果，卻不多見。較常見的整理工作是針對《粵謳》、《再粵謳》或《新粵謳解心》三種經典材料的舊版本作直接複印、移拼版式；有系統地重排標點者則甚少。如：《粵謳》的1929年上海華通書局本、1961年臺北世界書局本、1971年臺北國立北京大學民俗叢書本和1976年香港珠海書院江茂森本；《再粵謳》的1971年臺北國立北京大學民俗叢書本；《新粵謳解心》的1977年香港重印本、2011年香港重印配圖本。這批印本中，像1929年上海華通書局把粵謳唱詞重新整理的鉛字標點本，並不多見。粵謳唱詞異體字多，加上部分粵語用字字形罕見，採用直接複印誠然是最省事的做法，但在整理的意義上就顯得較為保守。至於散見於其他書籍報刊上的粵謳，綜觀二十世紀，尚沒有匯輯成書的整理成果，致令讀者、研究者望粵謳而興嘆——可以說，時至今日（本文寫於2017年），研究者尚未為建國前的粵謳作品做過較系統、較全面的整理。事實上，只要粵謳材料匯編整理工作一旦完成，相關的研究工作就容易展開。粵謳的匯編工作在域外反而有理想的成果：新加坡學者李慶年在2012年出版的《馬來亞粵謳大全》，收集了自1901年至1939年前後馬來西亞（前身英屬馬來亞包括新加坡）地區共1420首粵謳作品（不含在中國發表的作品）。

佛山市「非遺」保護辦公室的陳勇新在〈粵謳：昔日名曲今成絕唱〉中提出過整理粵謳材料的構想，他曾建議把《粵謳》、《再粵謳》、《新粵謳解心》及《魯逸遺著》，與民國時期發表在報紙上的粵謳作品盡量收集起來。而朱少璋編校的《粵謳采輯》（2016年12月廣東人民出版社出版）編刊之主要目的，正是匯輯十九、二十世紀的粵謳，為粵謳研究打造厚實的原材料平台。《粵謳采輯》的編刊目的並非要在粵謳作品的數量上求「全」，而是盡可能選輯建國前經典、重要而具代表性的粵謳作品（不含域外）。好些罕見材料或散見於各大報刊雜誌的粵謳，都在編者能力範圍內有選擇地輯入本書之中。《粵謳采輯》包括八個主體部分，末附書文知見目錄百餘條。各卷具體內容為：

卷一、《粵謳》

本卷采輯招子庸《粵謳》122首作品。從事創作並把粵謳編輯成書的開山祖是招子庸，他的《粵謳》早在道光年間出版。招子庸的《粵謳》是粵謳研究的起點，備受研究者重視。本書把原作重排整理，編入第一卷。

卷二、《再粵謳》

本卷采輯香迷子《再粵謳》69 首作品。1890 年署名香迷子所輯的《再粵謳》可視為招輯《粵謳》的續作或姊妹篇。此書曾於 1901 年再版，重排整理本則未見。本書把原作重排整理，編入第二卷。

卷三、《歡喜果粵謳》

本卷采輯《歡喜果》中粵謳作品 42 首。這輯粵謳的內容主要以妓女職業、生活和心聲為主。歷來談論粵謳者很少提及這輯材料，有鑑於此，乃據個人藏本把原作重排整理，編入第三卷。

卷四、《新粵謳解心》

本卷采輯廖鳳舒《新粵謳解心》110 首作品。1902 至 1906 年間，廖鳳舒以「珠海夢餘生」的筆名在《新小說》雜誌上發表一系列的「新粵謳」，用以鼓動「小說界革命」，推動維新改良。1924 年廖氏把部分作品結集成書，題為《新粵謳解心》。此書曾於 1977 年、2011 年翻印，2011 年的翻印本是在複印原書的基礎上略作移頁拼版，另新加高寶繪畫的插圖；文字部分並沒有重排整理。有鑑於此，本書把原作重排整理，編入第四卷。

卷五、《黃魯逸粵謳》

本卷采輯黃魯逸《魯逸遺著》中粵謳作品36首。十九世紀末，黃魯逸在《中國旬報》上發表粵謳，用以宣傳革命，這批粵謳後來輯入《魯逸遺著》(廣州，1928年)。《魯逸遺著》已絕版，傳世的小量珍本亦多已閉架收藏，讀者、研究者無由得見。有鑑於此，編者在《魯逸遺著》中輯出黃氏的粵謳作品，並把原作重排整理，編入第五卷。

卷六、《碧琅玕館粵謳選》

本卷采輯冼玉清在〈粵謳與晚清政治〉中輯選之粵謳作品81首。冼玉清的〈粵謳與晚清政治〉完稿於1965年，除導言一章外，其餘內容均為晚清粵謳選析。冼氏在論文中論及的晚清粵謳，可視為一個「主題選本」，而這個「主題選本」值得重視、保留。編者在〈粵謳與晚清政治〉一文中輯出各首粵謳作品，按原文次序排列整理，編入第六卷。

卷七、《粵謳補輯初編》

本卷采輯補輯的粵謳作品300首。編者以不重複前述各種材料的內容為原則，選輯建國前殘本、抄本、報章及雜誌上的粵謳(不含在國外發表之作品)，以增補作品的數量，為粵謳研究鋪墊更闊大的文本材料平台。編者把這批粵謳重排整理，編入第七卷。

卷八、《粵謳樂曲存譜》

本卷采輯粵謳曲譜六種，以保留與粵謳有關的音樂材料；

是為第八卷。

許地山在〈粵謳在文學上底地位〉中說希望廣東人能夠保存、發揚粵謳。個人認為，保存和發揚粵謳，作為廣東人誠然責無旁貸，但如果不同籍貫，甚至不同國籍的有心人都有興趣參與粵謳的研究工作，集思廣益，事情一定會辦得更好、成果一定會更豐碩、更圓滿。

按：

1. 本文發表於《明藝》，2017 年 3 月 20 日，第 165 期，經修訂輯入本書。原題有「肩羼文奇屬本鄉」七字，今刪。
2. 朱少璋編校：《粵謳采輯》（廣州：廣東人民出版社，2016）。此書列入「嶺南文庫」。

談「老豆」的一筆糊塗帳

虛構和訂正一手包辦

半個世紀以來，談及有關「老豆」或「老竇」的問題，好像總離不開容若（劉晟）。據容若晚年在《明報月刊》發表的〈粵語老豆本字是老頭〉（2006年，以下簡稱「容文」）所說：他當年在報上說「老豆」與竇燕山有關因此應寫成「老竇」（以下簡稱「老竇說」），說法純屬虛構；後來得到李子誦的啟發，並據三位順德父老的聽寫結果，確認「老豆」或「老竇」都是「老頭」的音訛（以下簡稱「老頭說」）。

這樁公案之所以有趣，是虛構、澄清與更訂的人都是容若。同一個人，在不同年代先是杜撰「老竇」的來歷與寫法，繼而在數十年後公開承認虛構，再而提出新說；受影響人士都被搞得團團轉。但由於當事人撰文自認虛構，並公開承認和訂正，讀者往往主觀地傾向相信、接受。如黃氏的《粵語古趣談正續編合訂本》，說讀了「容文」才知道「該說（即「老竇說」）的原創人原來就是容先生」，書中同時轉錄了容若的「老頭說」；又如2017年7月3日高尚平在《增城日報》發表〈「老豆」係「老竇」實屬訛傳〉，主要還是以重述「容文」的說法為主。可見容若這篇寫於晚年的文章，影響頗大。自容若逝世後，不少讀者重提此事；「老竇說」與「老頭說」儼然成為容若平生代表作。

這樁公案之所以糊塗，是「容文」其實問題不少，卻鮮有讀者或論者指出。比如容若的「老頭說」只憑三位順德父老的聽寫結果，就斷定「老豆」或「老竇」都是「老頭」的音訛；以順德口音及用語論證粵音粵詞，論證過程未免簡單，而說法亦未免武斷。據文中相關的論據或論證所得，充其量只能算是「可能」，尚不能算是「結論」。又如「容文」說「熟諳粵語者必知：『豆』『竇』不同音，『豆』陽去聲，『竇』陰去聲，『老竇』的讀法就像『老鬥』」，說法明顯誤導，不符客觀事實：粵語「高竇貓」或「龍床不及狗竇」的「竇」字固然變調讀如「鬥」(陰去聲)；但「竇」字若作為姓氏的話，必讀陽去聲——如大家都熟悉的竇娥、竇燕山、竇唯、竇驍——「熟諳粵語者」倒是從沒有讀成「鬥」的。

本文嘗試為讀者臚列事實，稍稍理清一下這筆糊塗帳，提出值得思考的問題。討論過程不可能繞過容若先生的說法，絕非對容若先生不敬，讀者知我諒我為幸。

「老竇說」並非始於容若

容若延至數十年後才交代五十年代虛構「老竇」之事，他說是由於「恐掠美也。換句話說，生怕有人杜撰在先」。「老竇說」到底是不是杜撰先置勿論，唯「老竇說」實在並非始於容若。

容若於上世紀五十年代才提出「老竇說」，但早在1927年，《汎報》(第1卷第3期) 上「梁所」的〈「老竇」說〉，就已提出過類似來自「想當然」的說法：

Lo Tau何以作父親解呢？一名之始必有來由。據我想

《三字經》有「竇燕山，有義方，教五子，名俱揚」，以為 Lo Tau 蓋應寫為「老竇」，而不是「老豆」。

這位「梁所」就是著名海派畫報編輯梁得所，此文亦見載於梁氏 1927 年出版的隨筆集《若草》。也許真是人同此心心同此理，更有趣的是，梁氏在文中雖然明確說「據我想」，但無獨有偶，卻有傳在梁氏之前又早已有人提出過「老竇說」。據〈「老竇」說〉文末的「附白」說：

此文剛寫畢，給明園兄看了，才知「老竇」這名辭已被孫中山先生說過與竇燕山有關，這裏並非創論了。

在尚未找到實證前，筆者未敢遽信「老竇說」確與國父孫先生有關，但這些較容若「老竇說」更近源的傳聞或事實，今天關注「老竇說」的讀者或粵語研究者也應注意，最起碼不要誤以中游為上游——誤以為「老竇說」始於容若。其實，約三四十年代，著名報人陳靄風也曾公開提及「老竇說」。陳氏在 1939 年 10 月 15 日的《華字日報》「粵諺今詮」專欄中解釋粵諺「激死老竇揾山拜」，文章就提及「老竇」一詞的來源：

老竇，父親也。曷為乎「老」？尊之也。訓蒙經云：「竇燕山，有義方。教五子，名俱揚。」故曰「竇」也。作「豆」者非。

三十年代陳氏提出「故曰『竇』也。作『豆』者非」的比較討論，與二十年代梁得所提出的「Lo Tau 蓋應寫為『老竇』，而不是『老豆』」互見事實：「豆」「竇」已是長期雜用，莫衷一是。如 1910

年7月14日《華字日報》標題為「最有權力之皇帝老豆」；1911年12月21日《華字日報》標題為「末造皇帝老豆之可憐」；1932年梁得所在《良友》第68期上發表文章，題目是〈再談老竇〉；1933年4月20日《天光報》標題為「有便宜老豆」；1934年3月10日《天光報》標題為「生子如此，真係激氣，老竇都打，豈有此理」。以上各例為隨機翻檢舊報刊所得，證諸事實，在書面上當時確是「豆」或「竇」都有支持者。

1933年一位署名「鍾流」的作者在《社員俱樂部》第4期發表〈老豆〉，鍾氏既點名反對梁得所的「老竇説」，也不同意「老豆」乃訛變自「老頭」，卻另標新說，提出「老父」諧音「老腐」不吉利，因而以「豆腐」的「豆」替代。鍾氏的說法明顯只是換過另一個角度的「想當然」，在未經細密論證前都跟「老竇説」「老頭説」一樣，只能聊備一說，卻不能信以為真。

討論粵語須客觀嚴謹

本文無意為「老豆」或「老竇」在寫法上與來源上作定調之論，但這樁語文公案真是既糊塗又有趣，實在值得愛護粵語者細細重新審視。不少讀者誤以為「老竇説」始於容若並以其「老頭説」為是，當中既涉及容若杜撰「老竇説」於前並積極宣揚「老頭説」於後，也同時涉及讀者不經理性思考便接受作者種種出於「想當然」的說法——不少錯誤信息即因此而以訛傳訛。「杜撰」與「想當然」屢屢見諸討論粵音粵字粵詞的文章，這些文章不無趣味，但對粵音粵字粵詞的整體研究並無實質好處。真正愛護粵語者，在相關討論或閱讀的活動中，都須秉持客觀、理性的態度，否則很可能只是好心做壞事，越幫越忙。要清楚說明某個粵音粵字粵詞的來源或演變軌跡，是很專門、很複雜的課題；站得住腳的結論均來自周密而客觀的論證——絕不是靠「想當然」想出來的。

按：
本文發表於《明報》世紀版，2021 年 9 月 8 日，經修訂輯入本書。

「水智茶深」話穆如

楊智深（1963-2022），字穆如，福建晉江人，生於香港，香港中文大學中文系畢業，「穆如茶學」創辦人，1986年在香港法住文化學院創辦中國茶文化課程，是香港推廣茶文化的重要先驅。2010年在北京先後成立創辦「穆如茶室」及「穆如茶制」，致力承傳、發揚、推廣傳統功夫茶及生活美學。多年來在大陸、香港、臺灣、星馬等地籌劃並主講多項茶學專門課程及講座，積極培訓高校專業人才，宣揚品茶文化。先生在各地以茶會友，廣結茶盟，以理論與實踐兼重之茶學，相濟道器，深得各地愛茶人士及茶學專家尊崇，咸以得預先生主沏之茶席為榮。先生於2022年6月猝逝，一時杯冷茶涼，好茶人士莫不悵然。今就所知，略述「穆如茶學」幾項重點，以作紀念。

確立「茶學」概念

論茶說茶者，或言「茶藝」，或言「茶道」；而楊氏獨標「茶學」，蓋有深意在焉。

「茶學」是指研究茶樹、茶葉、茶飲或茶文化的學科；先生曾在「中國茶學在香港：傳承與展望」（影音材料，2021）的對談中談過這個用語。綜合他所說的意思，「茶學」一詞包含下述信息：（1）「茶學」是較「茶道」、「茶藝」更接近中國傳統的用語。（2）「學」字兼具「學習」（動詞）與「學問」（名詞）之意。（3）「學習」，須用功努力；「學問」，須深入研究。

是則「茶學」一詞廣義上可包含「茶藝」與「茶道」，而又兼「學說」、「理論」之義。「茶學」所傳授者，為有根據、有系統之理論與主張。陸游〈示子遹〉云：「汝果欲學詩，工夫在詩外。」而「穆如茶學」之精神，亦可用「工夫在茶外」五字概括。

立論建基於歷史

今人論茶，多忽略歷史維度，故所論多欠立體。「穆如茶學」重視茶在歷朝的發展歷史，對茶辨源辨流，所論有根有據，絕不含糊。先生論茶，恆以明太祖廢蒸團、興炒散為分界線，判分唐代以來以陸羽為代表的「煮茶」「喫茶」與明代以後的「泡茶」「飲茶」。此說原見於沈德符《萬曆野獲編》「供御茶」，先生大加發揚，並在論茶評茶時應用，乃知今人論泡茶而錯誤套用唐宋煮茶之標準、泡茶時亂用煮茶點茶器具，正是不明歷史之故。陸羽《茶經》固然是茶學經典，其主體精神或大原則如「精行儉德」者，無分唐宋或明清；但涉及煮茶的具體步驟、器具標準，則不可能應用或套用於明代以後的「泡茶」活動。

美學融入生活

「穆如茶學」其實就是茶的美學，這套美學涵蓋並融入生活的方方面面，也可視為生活的美學。楊先生在〈穆如茶制〉中說：

> 品茶是今天最具中國面貌的生活環節，然而缺環有三。一不講求品茶的環境，二不講求品茶的器皿，三不講求茶葉的良莠，所以難成體統。

品茶的環境與人們的起居生活息息相關。先生曾在北京成立公司，專門倡建現代專業茶室，強調品茶的地方要功能與意境並重；一方面符合當代起居的原理，另方面又鎔鑄傳統山水情趣。對於專業茶室的設計，先生提出的具體原則是：從空間上最好是半開放的狀態。外透庭院，內接偏廳和書房。具備良好的通風和排噪功能；能同時體現植物山水、自然安靜。

道器互濟

茶之「道」固然重要，但茶「器」亦不可忽視。楊氏曾用五年時間走遍全國，為的是參觀不同窯址，希望製作出一套完美的茶具；對茶器之重視，可見一斑。他在〈茶無杯說〉談到中國人連飲茶專用的杯都沒有，不無感慨：

> 每逢到沽酒之地，不論貴賤，皆一酒有一酒之杯，互不混淆。反視國人好飲茶者經已甚少，飲用時還借外國人日用之杯。對其賤己之文化，尚可掩目歎息。

他曾為 2019 年的個人茶器展覽撰寫過一篇文章，文中說「瓷器陶器大漆銅器絲綢撮合而成的一方茶席，有着數不盡的文明與道德」，說法與那些只誇談境界的「野狐禪」不可同日而語。且看 2019 年由楊智深、譚秋泓司茶的「春分西海雅聚」茶事會記：

茶器：黃金鐵陶炭爐、潮州紅泥爐、黃金鐵陶水壺、潮州銅煨、宜興茗壺、曉棟水盂、圓山堂壺承、草堂茶匀、西海白杯、穆如青花釉裏紅杯

茶品：戊戌年西海老欉水仙鬥茶金獎茶、九八年中茶綠印七子圓茶

香器：曉棟青爐

香品：傍琴台、竹裳

對器物、茶品之尊重與重視，可謂到了亦敬亦虔的地步。楊氏在〈讀茶與寫茶〉說一隻杯子的大小、弧度、釉的緊密度，均是「茶湯最後形成的環境」，此適足以說明「穆如茶學」對「器」的重視。

強調「功夫」

「功夫茶」是「穆如茶學」中一個具標幟性、代表性的用語。

閩南潮汕地區的獨特茶藝到底是「功夫茶」還是「工夫茶」?這問題業界內素有爭論。為免岔開主題，相關論據論證於此不贅，只談目前的主流用法，是傾向用「工」。而楊氏的看法則見諸他的〈功夫茶概論〉:

> 因在採與製兩個環節，當時的人慨嘆過程耗費工夫，採摘需要比別的茶多候十五到二十天，製茶更是拖長到半年的光景，所以有「工夫茶」一說。(……)器物精巧，關乎良工手藝的功夫，沖茶注水則乃掌茶剛柔的功夫，所以後又稱為「功夫茶」。

那是說，選用「功」字不單單是用字規範與否的討論，而更是涉及茶學上的定義或概念，值得茶學研究者關注。

楊氏對「功夫茶」確是別具心得，由理論到實踐，都自成完整體系。由他主沏的功夫茶，各地茶人都以能預席為榮。他曾在《Tea・茶雜誌》發表四篇合共二萬餘字談論「功夫茶」的文章，在質在量都很具份量，如〈功夫茶概論〉一文環繞採、製、器、沖四個專題逐一分析，全文七千餘字，甚具規模；〈傳統「功夫茶」口訣要義〉一文亦七千字長文，對傳統「功夫茶」的十一個口訣作闡釋，極具參考價值。

楊氏尤其強調「人」在「功夫茶」的特殊位置。他在〈陳年茶的概念〉中提出「岩茶的原始觀念是留一餘地予泡茶人演繹」，認為這是「傳統功夫茶的美學源頭，不明乎此，一切枉然」。這說法對目下一些只知以高價追求名茶而對泡茶毫無「功夫」的人來說，真是當頭棒喝。

茶學與格物

楊氏上世紀八十年代就讀於中文大學中文系，師從名儒蘇文擢先生。他畢業後仍沉浸於中國經典，論茶亦時見以中國經典為論據；當中「格物」與「穆如茶學」之關係，尤為密切，為楊氏茶學特色之一。他主張「茶」有「茶德」，而「茶德」其實就是格物的過程，即：文人通過對外物的審美追求，來完成內心的修養。他在〈茶乃天地靈友〉中說：「茶湯之美惡是對照自己道德的得失，所謂『格物』即是如此。」在格物的大前提下，難怪他認為喝茶是「精雕行為，儉約道德的過程」。

在格物過程中，楊氏對美醜自有另一番體會：「美就是一點點把醜的東西去掉」、「想要放大眼中的美，結果是更醜」。在格物的大前提下，茶的審美目的就是修養。看楊氏的〈詠茶詩〉：「味甘由秀骨，香幻集芳顏。意攬山河表，神游齒頰間。舉袂接玄古，停杯響珮珊。傳瓷期更會，潔志共雲還。」末句的「潔志」就包含志向高尚的意思。如此看來，在「穆如茶學」中，「茶」可以提升一個人的品格和志向，絕非小道，更非玩物者所能理解。

按：

1. 本文發表於《明報》世紀版，2022 年 8 月 22 日，經修訂後輯入本書。
2. 朱少璋編：《穆如茶話——楊智深茶學存稿》（香港：三聯書店（香港）有限公司，2024）。

附編

周夢蝶有 1/8 春天留在香港

蝶影不留痕

在網絡上看到新書《夢蝶全集》的出版消息（筆者按：指 2021 年 5 月），全集能趕及 2021 年出版正好用來紀念蝶公百年冥誕。掃葉工房出版的《夢蝶全集》由曾進豐主編，單是蝶公的詩就收錄了近四百首，相信編者都算得上是「蝶粉」，更應是「材料控」的同道中人。

上世紀渡海定居臺灣的兩位著名詩人都姓周，都蹭蹬，都落泊。未埋庵的周棄子平生一局棋；風耳樓的周夢蝶遭際一場夢。兩位大詩人詩窮後工，一位擅寫古典詩一位擅寫新詩；兩支巨筆撐得住如棋局又如夢境的詩壇。幾年前一直追查棄公渡海前的作品，終於蒐集得詩文百餘篇，在《周棄子先生集》的基礎上做了些補充；這批材料後來編成小書《艤舟集》交香港中華書局出版。搜集材料期間，一心不忘二用不時留意蝶公渡海前的作品，可惜一無所獲——「隔岸一影紫蝴蝶，猶逆風貼水而飛，低低的，低低低低的」——都說蝶公在五十年代才正式發表詩作；渡海前筆下蝶影相信不留痕跡。

蝶公的少作

沒辦法，所謂「研究」有時真的不可理喻：苦苦追尋並公開展示詩人「少作」的行為，相信屬於「粉」、「控」之流不治之強迫症，藥石無靈。都説「頭未梳成不許看」，人家有三四百首好詩定稿你不看，卻偏要看詩人稚嫩的少作或粗疏的初稿。魯迅在《集外集》的序言曾説：「中國的好作家是大抵『悔其少作』的，他在自定集子的時候，就將少年時代的作品盡力刪除，或者簡直全部燒掉。」不過，蝶公應該算是少數「不悔少作」的詩人。

蝶公在 1987 年 9 月發表的〈二十歲大事記略〉曾主動提及兩首渡海前的少作。因年代久遠記憶模糊，「記略」中的少作雖然不完整，但業已成為談論詩人創作的重要起點。五絕〈感遇〉蝶公只記得一、二、四句，補上新寫的第三句由詩人親自認證，都無遺憾了。至於四節十六行的新詩〈春〉，蝶公依稀記得首節：

> 誰也沒有看見過春，
> 我也是一樣的。
> 但當蝴蝶在花叢中飛舞的時候
> 我知道，春來了！

蝶公自嘲「詩當然很稚淺，並不比薛蟠仁兄『一個蒼蠅哼哼哼，兩個蜜蜂嗡嗡嗡』高明多少」。蕭蕭在《我夢周公周公夢蝶》中曾引用過這幾句詩，説「詩中主角即是蝴蝶」。「記略」發表時蝶公都六十六歲了，背得出半世紀前四行少作已十分難得，可惜沒有補寫其餘幾節，只留下四分之一的春天。

留在香港的春天

資料夾中有一頁發表於六十年代的蝶公專訪，複印效果不佳小字勉強可以辨讀，附圖「街頭詩人周夢蝶和他的書攤」則漶漫得很，幸好還可以隱約看到明星咖啡館前騎樓下那幢未遭砍伐的「七層書架」。幾年前翻過〈周夢蝶及其作品評論、介紹訪問目錄索引〉（1997）和〈有關周夢蝶評論、訪談述介之文章篇目〉（2005），這篇專訪兩種篇目索引都未見著錄，於是存起備用。豈料獨木始終沒有成林：手頭上有關蝶公的材料，到今天還是只有這一篇。

專訪發表於1965年5月6日香港《工商晚報》，標題是「臺北街頭擺書攤，窮中取樂一詩人」，執筆者是該報駐臺記者謝雄玄。謝氏「在一個陰晦的晝午」與詩人共餐談天，曾建議詩人「應該把這種吉普賽式的文人生活改變過來」，蝶公回答說：

> 我知道這種生活方式，在目前的社會中，不能適應，但我也有我的樂趣在。或許我能從目前的生活中，接觸到更多的人世的苦難。

專訪中這幾句放在引號中作為直接引用的材料，可以視為蝶公的語錄，值得重視。而「接觸到更多的人世的苦難」一語，相信可以成為談論蝶公詩作「母題」的重要論據。而更值得重視的是，專訪提及詩人在中學時代寫過的詩：

> 他記得他在一首「春在那裏？」中寫道：「春在黃鶯的舌尖，在蝴蝶的翅膀上！」

「春在那裏」到底是詩題還是詩句？若互參〈二十歲大事記略〉詩人的回憶，詩題是「春」，則專訪中的「春在那裏」就很可能是詩句。詩人採用「自問自答」的方式作交代：

春在那裏？
春在黃鶯的舌尖，
在蝴蝶的翅膀上！

1965 年蝶公接受謝氏訪問時四十四歲，有關「少作」的回憶片段不單與六十六歲時的回憶片段相吻合，而關乎作品文本內容的信息又能前後互補，雖只是三兩句詩，但已是全詩約八分之一的內容，應該珍視。

中港臺文學因緣

補遺，既指「遺漏」可補，也是「遺憾」可補的意思。不知道新編的《夢蝶全集》是否有「斷句」一欄，補入蝶公留在香港那八分之一的春天。

隱藏在一頁舊報中的蝶影春光，跟蝶公一樣，同是「沒有重量不佔面積」(見〈十三朵白菊花〉)，但卻自有其份量與地位。余光中撰文談蝶公的「詩境」下筆定題就先問「一塊彩石就能補天嗎」(見〈一塊彩石就能補天嗎〉)。天地間遺憾正多，三幾句詩也許補不了青天，卻相信可以把詩人的少作補綴得完整些。六十年代香港舊報上一篇專訪、專訪中的三兩句詩，若斷若續牽繫得起中港臺三地的文學因緣。謹以文字材料上的一點小發現，追祝蝶公百歲冥壽（筆者按：蝶公生於 1921 年，本文寫於 2021 年）。

按：

本文發表於《明報》世紀版，2021 年 5 月 22 日，經修訂後輯入本書。

台北街頭擺書攤

窮中取樂——詩人

本報駐台記者：謝雄玄

1965 年刊登在香港《工商晚報》上的專訪，
附圖中隱約可見明星咖啡館前蝶公的「七層書架」。

魯迅佚詩獻疑

魯迅的舊體詩

魯迅的舊體詩無論在魯迅或現代文學的研究領域中，都是不能繞過的重要課題。過去不同年代都有魯迅舊體詩的研究成果面世，《魯迅詩編年箋證》（2011）和《詩人魯迅：魯迅詩全考》（2020），更是後出轉精之作；研究成果無論是編年、箋注或賞析，都值得重視。筆者在此公開在舊報上找到的一首尚未知真偽的魯迅舊體詩，相信讀者或研究者會感興趣。

《天光報》轉錄魯迅詩

1934年3月21日香港的《天光報》刊登了一篇報道：〈魯迅哀老境感懷賦新詩〉。查此報在同一版位曾多次刊登有關魯迅的報道，如1933年10月4日刊登〈魯迅一怒辦文藝〉、1934年6月7日刊登〈魯迅借助於內山〉。魯迅逝世，《天光報》在其他版位也有報道，如1936年10月20日刊登〈名作家魯迅病故〉、1936年11月9日刊登〈廣州市文化界沉痛追悼魯迅〉、1936年11月12日刊登〈本港文化界昨開會追悼魯迅〉。

筆者所見原報部分文句略有殘缺，唯並不妨礙閱讀和理解，文意及主要信息都完整清楚。〈魯迅哀老境感懷賦新詩〉開首先交代魯迅在 1934 年春節期間的「鬱悒」情況：

> 文壇老將魯迅，年來因參加「左聯」的關係，本是個「不大自由的人」，不料去年「閩變」發生時，外間又傳其離滬附「逆」，因此便害得其更加不自由矣。先前，有空的時分，他還常上北四川路「內山書店」或兄弟家走走，而近來因為外面的謠風關係，他只是老株守在家裏悶坐着，雖「新年」中，各方面有函邀他，參加什麼「同樂會」「茶話會」，他也老實謝絕，不曾出門一步，其懷抱鬱悒可知（……）。

報道接着說魯迅「做了一首『感懷』的詩，字裏行間，充滿了悲苦憤激之情，令人不堪卒讀，此老之愁懷可知矣」，並轉錄一首魯迅的舊體詩，如下：

> 家國破碎淚縱橫，春來大地感萬千。
> 數卷破書風蝶舞，半截禿筆力耕煙。
> 客中沽酒難一醉，海上飄零已十年。
> 我自艱辛人亦苦，何用明哲惜此生。

報道就此打住。而報道中轉錄的「感懷」詩，既不見刊於魯迅的作品集，亦未見有論者提及。

〈感懷〉的寫作背景

《天光報》上的報道既提及「閩變」對魯迅的影響，我們不妨互參侯桂新的〈魯迅與左聯〉，可以知道 1933 年 11 月「閩變」之後至翌年春節前後的一段日子，確是魯迅孤立、苦悶的時期：

> 1933年11月和1934年1月，馮雪峰和瞿秋白先後因革命工作需要離開上海，奔赴江西瑞金中央蘇區。從此以後的兩年間，魯迅失去了兩個很好的支持者與談話對象，這使得他在左聯的處境發生了變化，有時會陷入有苦說不出的境地。

此外，1933年12月30日，魯迅給左聯成員黃振球的題詩，亦可見魯迅當時沉重、抑鬱的心情：

> 煙水尋常事，荒村一釣徒。
> 深宵沉醉起，無處覓菰蒲。（〈酉年秋偶成〉）

阿袁在《魯迅詩編年箋證》中為此詩解題：「迅翁乃借酒澆愁，而心中之悲慨卻越發難釋。」說法是符合事實的。而《天光報》上的〈感懷〉（為方便表述，本文暫以此為詩題），無論是主題或感情，都頗能上接〈酉年秋偶成〉。假設〈感懷〉確是魯迅所作，則尋繹詩意並結合報道提供的背景，此詩的寫作日期宜繫於〈酉年秋偶成〉（1933年12月30日）之後、〈三月十五夜聞謠戲作〉（1934年3月15日）之前。

證真或辨偽

要有十足把握判斷作品是真是偽，最有效而可信的證據，大概只有原作者或作偽者至誠的聲明。像〈感懷〉這首詩，情況跟其他作者的佚作相類，研究者往往只能根據時代、出處或文本進行分析，作合理推測。可是，說真也好說偽也好，在推論過程中，有時候用的可以是同一個事例：端看論者傾向證真，還是傾向辨偽。至若以作品風格為論據，就更不容易為作品真偽下結論。以下嘗試舉出一些與〈感懷〉相關的事實與思考角度，供研究者參考。

首先，〈感懷〉七言四聯共八句，押平聲韻，第二、三聯是對偶句——雖然這些都是近體七律的特徵，但若簡單地說此詩是「七律」，並不準確。從律調角度看，詩的第一、二、四、五、八各句均不合律，假設視這些「不合律」的句子為「拗句」，則〈感懷〉可歸類為「拗體七律」——作者以拗折聲律配合悲苦之情。不過，若反過來視詩句不合律的現象為「作偽者水平低下」，也並非完全不可以。

其次，魯迅的〈剝崔顥〈黃鶴樓〉詩弔大學生〉和〈湘靈歌〉，在表面形式上與〈感懷〉十分相似：三首作品均為七言八句，以及部分句子不合律。不過，「剝」崔顥〈黃鶴樓〉的作法屬「戲仿改寫」，在論證上不宜直接與〈感懷〉相提並論。而〈湘靈歌〉是古體歌行而非拗體，此歌八句無一例外地分別用上了古體常見常用的「三平」、「夾平」或「夾仄」——這三種「古調」，在〈感懷〉中都不曾用上。

再者，〈感懷〉並非一韻到底，在押韻上有明顯的「魯迅特色」。例如：〈湘靈歌〉押元、文、真三韻；〈無題・大野多鉤棘〉押文、侵二韻；〈贈日本歌人〉押庚、真二韻；〈贈鄔其山〉押麻、魚、歌三韻；〈送 O.E. 君攜蘭歸國〉押侵、真二韻。不過，〈感懷〉押庚、先二韻，這押韻組合在魯迅的詩作中則未見先例。

還有，「海上飄零已十年」的「海上」若指「上海」，則「十年」

之數與客觀事實不相符；因為魯迅1927年始移居上海，至1934年（〈感懷〉創作之年）只住了七年。不過，「海上」一詞原與上句的「客中」對偶（名詞加方位詞），也許不是地名。若非地名，則「海上飄零」或是「江海飄零」之意，與李彌遜「白髮飄零江海上」（〈久雨〉）或吳綺「今日飄零江海上」（〈江學在清瑤嶼中和陳其年韻〉）的意思相類。

此外，目前為研究者所確認的幾十首魯迅舊體詩，來源都直接或間接與魯迅有關：一、作者具名發表於報刊者：如發表於《民興日報》的〈哀范君三章〉，魯迅署名「黃棘」。二、附引於魯迅作品者：如〈弔盧騷〉，即附引於魯迅雜文〈頭〉。三、見諸魯迅手跡者：如出版於不同年代的《魯迅詩稿》中的詩歌手跡。四、附引於魯迅親友作品者：如〈蓮蓬人〉附引於《周作人日記》。而〈感懷〉則僅見轉錄於《天光報》上一篇不具名的報道；並未見魯迅曾以任何方式提及、抄錄或轉引這首詩。但我們能據此斷定作品必假嗎？也不一定可以。當年楊霽雲在魯迅的參與和指導下，把四十餘篇魯迅詩文編成《集外集》；魯迅在1934年12月為此書親撰序言，正好談及個人作品有漏落和刪棄的情況：

> 有漏落的：是因為沒有留存着底子，忘記了。也有故意刪掉的：是或者因為看去好像抄譯，卻又年遠失記，連自己也懷疑；或者因為不過對於一人、一時的事，和大局無關，情隨事遷，無需再錄；或者因為本不過開些玩笑，或是出於暫時的誤解，幾天之後，便無意義，不必留存了。

《天光報》上的〈感懷〉，會否正是魯迅遺忘了的作品？又或者是魯迅故意刪棄的作品？

最後，按常理而言，由於「死無對證」，作假事件多發生在作者身故之後。例如魯迅逝世後，史濟行就有預謀地向許廣平提供偽造的魯迅作品〈百草書屋札記〉和〈藝文雜話〉；唐弢的《魯迅全集補遺》因而誤收了這兩篇偽作。若從另一方面說：〈感懷〉既見諸魯迅在世時的報章，作者當時健在，冒名作假的機會是否較低呢？也不一定。文壇上作偽弄假的事真是無奇不有，而恰巧就有一件「作假」奇事發生在魯迅在世之時。1928 年魯迅在《語絲》(第 4 卷第 14 期) 發表〈在上海的魯迅啟事〉，澄清並指斥有人在杭州冒認「魯迅」。當年冒稱「魯迅」的這名騙子也姓周，原在杭州教書。「假魯迅」在 1928 年 1 月 10 日寫了一首弔蘇曼殊的詩，作品的署款居然是「魯迅遊杭弔老友」。這首弔曼殊詩雖見諸「真魯迅」在世之時，唯證諸客觀事實，卻是偽詩。

結語

過去數十年，研究者在魯迅作品的輯佚工作上，頗有收穫。相關成果如《集外集》、《集外集拾遺》、《魯迅全集補遺》及《魯迅全集補遺續編》，在求「全」這一點上，成績已然不俗。筆者提出《天光報》上這首一直被讀者忽略的〈感懷〉，相信可以為停頓多時的魯迅作品輯佚工作，提供一點值得關注的材料。魯迅的舊體詩珍如鳳毛麟角，若能證明〈感懷〉確是魯迅佚作，固然是補遺上的一大功德；若最終證實為偽作，則問題得以公開並釐清，也是好事。

按：

本文發表於《明報》世紀版，2023 年 2 月 7 日，經修訂後輯入本書。

周棄子渡海前諸作

一

周學藩（1912-1984），字棄子，湖北大冶市人，生性聰穎，少時即在舅父殷南浦家學習，遍閱書樓藏書，學有根柢。及後入讀湖北省立國學專修學校，卒業後歷任四川省、貴州省政府秘書或主任秘書等職。1949 年渡海赴臺，在臺灣屢任秘書、文書等職，際遇與生活或未盡如意，而詩藝益工，文思益醇，特為時人所重，推譽為二十世紀臺灣首席詩人，端為不愧。[1] 又李猷（1914-1997）《龍磵詩話》以周詩為「同光派最後的一筆」，[2] 信為的評。

二

周氏身故後，一眾有心人計劃為他編刊詩文集，惟周氏的作品向無存稿，誠如王開節（1914- ？）在〈周棄子先生行狀〉中

---

1 周棄子生平介紹乃據以下幾種材料綜合寫成：（1）李晉芳：〈《周棄子先生集》序〉；（2）成惕軒：〈《周棄子先生集》序〉；（3）王開節：〈周棄子先生行狀〉；（4）周棄子：《未埋庵短書》。材料（1）至（3）見許著先編：《周棄子先生集》（臺北：合志文化事業版社，1988），材料（4）《未埋庵短書》（臺北：文星書店，1964）。

2 李猷：《龍磵詩話》（臺北：臺灣商務印書館，1990）頁 477。

説「先生所作詩文、信札、聯語甚多，悉無存稿」，[3] 蒐集周氏詩文的工作，殊不容易。1988 年由許著先編輯、臺灣合志文化事業版社的《周棄子先生集》(許編)，內容正是就當時能搜集得到的周氏詩文合輯成集，後來，汪茂榮（1962- ）以許編《周棄子先生集》為據，對全書作重新點校，並把書稿列入「二十世紀詩詞名家別集叢書」系列中，2009 年由合肥黃山書社出版，書名仍是《周棄子先生集》(汪編)。以上兩種作品集，主體內容相同，均以周氏渡海後的作品為主，至於渡海前的作品，在周集中為數並不多，加上周集的作品均沒編年，讀者要辨別哪些是「渡海前」的作品，亦殊不容易。[4]

周氏渡海後的作品固然日趨成熟渾化，但渡海前的作品卻絕非一般可悔之少作，值得研究者重視。李晉芳在〈《周棄子先生集》序〉中所說：

> 先生系出清門，生饒彩筆。陸雲未冠，秀出班行；石苞無雙，奇標懷抱。既擅詩歌，亦工語體。[5]

可見周氏早年即文采飛揚。又證諸王開節在〈周棄子先生行狀〉的說法：

> 先生秉性穎悟，髫齡能屬文，下筆驚其長老。[6]

3 《周棄子先生集》(許編) 頁 15。

4 綜合作品的寫作背景以及參考周氏在《未埋庵短書》中的說法，兩種《周棄子先生集》中「渡海前」作品有 (非窮舉)：〈內江道中〉、〈呈堯生先生〉、〈將游成都發重慶時寄呈堯老〉、〈颶風暴雨中作〉、〈江行雜詩〉、〈悼魯迅翁〉。

5 《周棄子先生集》(許編) 頁 1。

6 《周棄子先生集》(許編) 頁 9。

可見周氏才名早播，年少時即吐屬霞彩，才驚四座；獨惜其年少時期至其渡海前的作品，散落各處，難以編匯成集。

三

為了更全面地了解周棄子的創作風貌與成就，筆者着手翻查上世紀五十年代前的多種報章刊物，嘗試為周氏渡海前的作品作鈎沉的工作，結果在十餘種刊物中初步搜得百篇周氏的早期作品。周氏渡海前諸作，有詩有詞有文，體裁多樣，內容可補兩種周集之不足。這批渡海前的作品，詩則包括五七言律絕及歌行，文章則有古典及語體，作品能多方面展示周氏的創作才華。以下談談這批材料的價值。

（1）了解周氏創作歷程的價值

首先，這批材料中有周氏在「髫齡」時寫的作品，正是王開節所謂「先生秉性穎悟，髫齡能屬文，下筆驚其長老」的有力而具體的證據。1926年，年紀輕輕的周棄子已在《學生文藝叢刊》上發表十首近體詩，當中包括八首七絕、一首七律及一首五律。周氏自謂：「十五齡初學為詩（……）作感事詩有句云：『錯拈紅豆誤蛾眉』，同塾諸童皆歎賞。」[7] 可見詩人在文藝創作方面，已嶄露頭角，而〈惜花詞〉亦正正是周氏「初學為詩」時期的作品。這輯「初學為詩」的作品不但詩筆老練，而且思想成熟，所處理的題材更非一般十來歲的年輕人所能駕馭，周氏在〈惜花詞〉的短序中說明了作意：

7　引自周棄子：〈我言紅豆〉，載《越風》第22-24期合刊（1936）。

> 慧雲女子有殊色，頗能詩，嫁里中老農為妾，有天壞王郎之歎。弟兩軒有贈句，余未謀面而不能已於言也。作惜花詞八首，一以憐之，一以慰之。[8]

為了解慰某女子「天壤王郎」之恨，十來歲的周棄子思想異常成熟，居然寫出「莫羨珊瑚高七尺，綠珠樓上月光寒」、「小星宜傍老人邊」及「賺來西子謀安頓，一笑扁舟下五湖」等含意典雅、寓意深刻的詩句，詩人少慧，信有夙因。同時期的七律〈謁故友馬石溪天來墓〉和五律〈悲秋寄右達〉，對句「萋萋宿草含朝露，黯黯重山鎖暮雲」、「不飲常如醉，無聊欲學仙」都屬對工整，流麗而達意，遣辭下字俱見成熟自如。如果我們把這幾首作品視為周氏創作的起點，用以對比他後來的創作成就，大可斷定他並非晚成大器，而是屬於登堂特早、入室惟先的典型早慧作家。

（2）「周集」補遺的價值

我們還能在這批「渡海前」的作品中讀到好些「集句詩」，而類似的集句作品在兩種《周棄子先生集》中都未見收錄，值得研究者重視。如〈集義山句別蕎子〉、〈雜詩集胡展堂先生句〉八首、〈本事集句〉十首，都是集句作品，其中〈本事集句〉十首尤為別出心裁，作品乃是集自《宋六十名家詞》，集詞句以為七絕，妙合天然。如「一醉醒來春又殘，何因容易別長安。去年綠鬢今年白，付與旁人冷眼看」，[9] 乃是集晏幾道（1037-1110）〈思

---

8 《學生文藝叢刊》第 3 卷第 9 期（1926），本段所舉各個例子均同出處，不另注。

9 見《國聞週報》第 13 卷第 48 期（1936）。

佳客〉、周邦彥（1056-1121）〈浣溪紗〉、歐陽修（1007-1072）〈采桑子〉及黃庭堅（1045-1105）〈鷓鴣天〉的句子而成，作品亦具詩味詩意，而且轉折自然，毫不生硬。周氏還有兩首「集句詞」〈浣溪紗〉，[10] 兩首詞共十二句，每句都是集自王國維（1877-1927）的詞作，十分工巧。這些集句作品不單能展示作者融匯前人作品之能，更同時有力地反映出作者學有根柢、博聞強記。

周氏的文章也值得讀者注意。汪茂榮在〈《周棄子先生集》前言〉說集內「文則多應酬之作，且駁雜不純，未足以名家」，[11] 觀乎集內（許編或汪編）諸文，確是以題詞、壽序、事略或引言為主，交情所在，不免於濫。可以肯定，汪氏對周文的評價只是針對集內所收錄的十八篇文章，並未曾考慮其他。至於六十年代由周氏自選自輯、由「臺北文星」出版的《未埋庵短書》，書中的四十篇散文，誠如周氏在書的「自序」中說：「全是來臺灣後所寫。」[12] 我們在周氏渡海前的作品中，卻可以讀到若干散文精品。如〈我言紅豆〉，作者以紅豆串連往事，追憶戀情、回顧友情，文中談陳漸雲一段可與周氏寫於 1956 年的〈武昌夢尋〉中「陳鑾花園及焄涪閣」一節對讀。〈我言紅豆〉又不時穿插詩詞，行文雅趣橫生，又以「錯拈紅豆」作文章起與合之關鍵詞，呼應尤見緊密，此文刊於 1936 年的《越風》，作者年少筆觸每每流露人生無常、世態滄桑之感，為文如此，功力殊不單薄。翌年，周氏復於《越風》發表長文〈龍門紀游〉，文章長三千餘字，結構法度嚴謹，脈絡鋪排分明，文筆清俊流暢；紀事寫景，無一不工。

---

10 見《藝文》第 1 卷第 3 期（1936）。

11 汪茂榮編校：《周棄子先生集》（合肥：黃山書社，2009）頁 18。

12 《未埋庵短書》頁 4。

周氏在〈龍門紀游〉中先以「五齡入家塾，從師受書法，摹始平公造象，龍門之名，知之獨早。稍長讀樂天居士集，則神往伊川香山之勝」起筆，利用側筆引出關鍵詞「龍門」，以下紀游則依次步移，敘寫天津橋、邵村、安樂窩、關林、潛溪、賓陽洞、八仙洞、千佛洞、蓮花洞、古陽洞、牛骨洞……，序列井然，條理清晰。作者寫石洞中或石壁上的雕像，寫得尤為生動逼真：

> 天女眉目如畫，體勢婉秀，見之涉遐想，金剛則飛動可怖，極左一像，裸其半體，握拳透爪，怒目突出尺許，尤猙獰不可平視，余三人徘徊諸像之下，如蟻豸在人足畔，果頑石有靈，一旋踵間，吾輩皆為灰泥耳。[13]

讀之如與作者同遊，有如親歷其景，作者文字刻畫有力，甚具現場感。作者在文中加插「毀家而後，乞食四方，山水登臨，未以窮廢」、「若余者，故園山水亦佳，早席豐厚，故當退為山林之民，守天地清氣，乃一念功名兒女，不能勘破，自攖塵網」等語，為這篇「紀游」平添一絲悲涼氣氛，文章收筆處猶有餘韻：

> 浴者登岸，皆大憊，相扶而行，循大道歸村店，炊餅已熟，飢極食甚甘，華君且命酒痛飲，繼以高唱，意氣殊忼慨，有雄士風，余亦盡醉。歸途聯鑣飛馳，入城已逼黃昏，茲游良不惡，鐙下報餘興草此文，存其梗概，且寄莓子觀之，知我窮途異客，乃尚餘此清致也。

13 《越風》第 2 卷第 1 期（1937），本段所舉各個例子均同出處，不另注。

全文情景事三者匯融交浹，窮途異客，猶藉遊興酒興遣愁排悶，讀之令人回味不已。

筆者還在 1926 年《學生文藝叢刊》第 3 卷第 6 期上找到周氏的〈舒嘯軒詩話〉，年僅十四歲的周棄子在這段僅四百餘字的「詩話」中介紹了兩位鮮為人知的詩人劉惠澄和劉致和，又抄錄了若干首七律七絕作為例證；但周氏似乎沒有繼續撰寫詩話，殊為可惜。高陽（1922-1992）曾摘錄周氏論及詩歌創作的口述材料與書函材料而成〈棄子先生詩話之什〉[14]，卻未有收錄或談及周氏的〈舒嘯軒詩話〉，日後倘真的要編周氏詩話，〈舒嘯軒詩話〉雖是周氏之「少作」，然亦不能忽視。

（3）初刊文本信息的價值

周氏渡海前的作品也甚具研究上的價值，部分材料可以跟兩種《周棄子先生集》相互補足。例如發表於 1939 年《民族詩壇》的〈感舊〉組詩，作者選刊寫南京、鎮江、蘇州、嘉定、淮安等共七首的作品，《周棄子先生集》的〈感舊〉組詩除了「北固金焦秀莫儔」一首重複外，其餘寫揚州、常州、徐州及上海等五首詩均可與《民族詩壇》上的詩作互補。又組詩前的短序亦有少異處，讀者對比互見，對研究應有幫助。

又如刊於 1948 年《京滬週刊》第 2 卷第 36 期的〈西御西街華德里二號〉，末句「十年心折是沉淪」，此句《周棄子先生集》作「更誰能會意嶙峋」，此或為作者修訂，到底哪一句較好？值

---

14 高陽：〈棄子先生詩話之什〉，載《聯合文學》第 1 卷第 4 期（1985），另輯入《高陽雜文》（上海：文匯出版社，2003）頁 112-128。

得研究者細心分析。復如發表於1936年《國聞週報》上的〈悼魯迅翁兩章〉其一，兩種《周棄子先生集》都缺作者原注「先生歿於重陽前四日」一句，詩末又缺作者自撰的語體「附記」百餘字，茲迻錄如下：

> 寫這兩首詩的動機，除卻「志哀」與「紀念」以外，還有一點應該說明：我想魯迅先生死後，關於論述他的生平的文字，不管是毀是譽，恐怕都不容易「持平」。所以將自己的感想說一說，就成為這樣的作品。我不知道舊詩的體裁，是否適合於這樣的一個題目。但，我所能的又僅止於此。魯迅先生地下有知，也許要笑為「結習」吧？所謂感逝哀亡，原也就不過是這麼一回事！一九三六，十，二三；棄子附記[15]

像這些接近第一手的文字材料，對了解作者的寫作動機，極有幫助。異文也同時見諸詞作，如〈浣溪紗〉（夢上巫山事可憎）、〈浣溪紗〉（座上繁音沸似潮）等詞，1936年《藝文》上的好些字詞與兩種《周棄子先生集》所載有異，而最大差異的例子莫過於〈清平樂〉，《周棄子先生集》（汪編）的編校者在「校記」中說此詞下片開首「袖中相攜，愁沒個人知」兩句「按詞譜，此二句脫三字，『袖中』下脫二字，『愁』下脫一字」，[16] 今利用1936年《藝文》第1卷第3期上的〈清平樂〉互校，知原句為「袖中珍重相攜，只愁沒個人知」。

---

15 《國聞週報》第13卷第43期（1936）。
16 《周棄子先生集》（汪編）頁102。

小結

為了更全面地了解周棄子的創作風貌與成就，筆者利用各種搜尋工具或翻閱舊報雜誌，着手翻查上世紀五十年代前的多種報章刊物，嘗試鈎沉周氏渡海前的作品，結果在十餘種刊物中初步搜得百餘篇周氏的早期作品。這些作品體裁多樣，內容既可補現存兩種周集之不足，亦可視為詩人在創作上的階段性總結，值得重視。[17]

按：

1. 本文發表於《風雅傳承》（第二輯）（香港：香港中文大學中國語言及文學系，2021），經修訂後輯入本書。
2. 朱少璋編校：《艤舟集——周棄子渡海前詩文百篇》（香港：中華書局，2018）。

---

17 本文初稿寫於 2018 年 8 月，文中提及周氏渡海前的作品後來輯成《艤舟集——周棄子渡海前詩文百篇》，在 2018 年 11 月由香港中華書局出版。輯存成果中尚有周氏的新詩及語體散文，惟本文應主辦單位以「舊體文學」為主題，非舊體作品的相關討論從略。有關周氏的一首新詩，筆者另撰文章介紹：〈周棄子的別署與新詩〉，載《明報月刊》（香港）2019 年 9 月號。又《艤舟集》成書後，筆者尚找到若干「漏網詩文」，例如 1935 年的《民報》（上海）上找到周氏〈曼殊上人墓下作〉七律兩首；他日《艤舟集》若得再版機會，當一一補入。

周棄子的別署與新詩

為補《未埋庵短書》及《周棄子先生集》的不足，幾年前開始着手蒐集、整理周棄子渡海前（1949年以前）的作品，搜集材料的過程中，在〈談新名詞入詩〉讀到一條有關周氏舊體詩的線索，他在文中有這樣的回憶：

> 記得是民國二十四五年之間，我作過八首古風，題目是「今行路難」，第一首起四句「醉君以葡萄香檳之美酒，瀹君以咖啡酪乳之苦茶。伴君以狐步探戈之妙舞，媚君以袒胸裼股之淫娃。」

「民國二十四五年之間」正好是渡海前，我據周氏這段回憶中的四個斷句展開搜尋，終於在1936年的《國聞週報》上找到整輯「今行路難」，而亦同時意外地發現，這八首古風的作者署名並不是「周棄子」，而是「鄒待清」。

眾所周知，周氏原名「學藩」，別字「棄子」，別署「藥廬」。再細看《未埋庵短書》，可知周氏渡海後曾別署「貶齋」、「孫草」、「司徒豹」、「立遜居士」及「柴荊」。至於渡海前曾別署「鄒待清」，則前未有聞。是次又意外又間接地發現周氏渡海前鮮為人知的「別署」，實在是搜尋材料過程中最令人興奮的事。我根據周氏這個鮮為人知的「別署」，確認1935年《聯華畫報》上署名「周待清」的〈尋阮玲玉墓〉以及1936年《逸經》上署名「鄒待清」的廿二則隨筆，都是周棄子的作品。至於個人認為最重要的收穫，就是因此而發現了周棄子的一首新詩。

王開節〈周棄子先生行狀〉說周氏「少時習為新詩」，「新詩」兩字引起我極大的興趣。周棄子以舊體詩聞名於世，新詩也許非其所長，但無論在「獵奇」、「補遺」或「研究」上，他的新詩都不應忽視。只是在茫茫書海中，要找幾首新詩真如海底撈針，實在不知該從何處着手。幸好周氏在《未埋庵短書》的〈讀《盲戀》〉「後記」中留下了重要的提示。他在「後記」中說，上世紀三十年代在上海認識徐訏，還說那時正熱衷於寫新詩，有作品發表在徐訏主編的《天地人》半月刊上。我按着這條重要的回憶線索着手查找，在雜誌上卻找不到他的新詩。後來我再據「鄒待清」這個「別署」，重新翻檢《天地人》，終於在 1936 年雜誌的第 4 期上，找到一首署名「鄒待清」的新詩——〈懷〉，周氏早年的新詩作品，乃得以重現。

這首寫於 1935 年、發表於 1936 年的〈懷〉，是個人目前能找到的唯一一首周棄子的新詩。周氏既自謂早年熱衷於寫新詩，看來發表在報章雜誌上的新詩應該不少，這些尚未「出土」的作品，尚待研究者細心考掘。至於這首在 1935 年歲末寫於杭州的新詩，十四行短章純以白話寫成，卻尚有絲絲古典氣息，如「在白堤的驢背上」就很有詩人「細雨騎驢入劍門」的傳統意味。周氏當時在杭州，詩句中的「白堤」既寫實又別具古典氣氛。「陌生而親切」、「詩人們不懂的詩」以及「詼諧中的憂鬱」，都在在表現出複雜、模稜而多變的意思。詩中那位「陌生的人」也許是真有其人，但也可能是指希臘神話中文藝女神「繆思」:

〈懷〉

撇開了幾多陳舊的記憶；

這陌生的人，

招致了我深深的懷想：

在白堤的驢背上，

在客棧的火爐旁，

茫然的沉思中——

每浮起一個陌生而親切的影像。

說是懷人與感舊吧？

不；這未免太「託熟」了，

我們原是陌生的。

從什麼時候起；

你寫出那些詩人們不懂的詩？

一點詼諧中的憂鬱，

而留給我一顆相思的種子！

唐代鄭綮曾說「詩思在灞橋風雪中，驢子背上」；宋代陸游曾說「此身合是詩人未，細雨騎驢入劍門」；民國詩僧蘇曼殊說「獨有傷心驢背客，暮煙疏雨過閶門」；周氏也曾說「一世孤愁幾輩知，排山氣盡但餘詩。短衣射虎成滋味，淒絕騎驢入劍時」——再看「在白堤的驢背上」「在客棧的火爐旁」兩句，說詩人「懷」的是「繆思」，或不免穿鑿，卻又不無道理。

附帶一提，以上談及的周氏佚作，業已連同其他周氏渡海前的作品，輯入由香港中華書局出版的《艤舟集——周棄子渡海前詩文百篇》（2018）之中。

按：

本文發表於《明報月刊》2019 年 9 月號，經修訂後輯入本書。

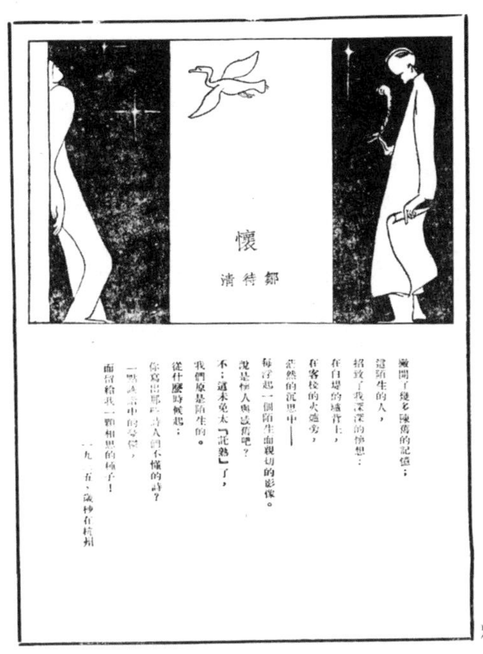

懷

鄒待清

撇開了幾多陳舊的記憶；
這陌生的人，
招致了我深深的懷想：
在白堤的墻脊上，
在客棧的火爐旁，
茫然的沉思中——
每浮起一個陌生而親切的影像。
說是故人與遠舊吧？
不：這未免太「託熟」了，
我們原是陌生的。
從什麼時候起：
你寫出那些詩人們不懂的詩？
一點試示中的尋保，
而留給我一顆相思的種子！

一九三五、歲杪在杭州

周棄子的新詩
（《天地人》1936 年第 4 期）

由白居易到曼德拉

談到戒殺生或愛護動物，就讓人想到一首膾炙人口的「鳥詩」:「誰道群生性命微，一般骨肉一般皮。勸君莫打枝頭鳥，子在巢中望母歸。」2008年我曾在書稿上引用此詩，題目和作者等信息都依據網絡搜尋結果，即：詩題是〈鳥〉，作者是「白居易」。十幾年後我修訂該書稿時，翻查《白氏長慶集》、《白居易詩集校注》等書，卻未見收錄，才驚覺極有可能事涉偽託。李小榮在〈白居易放生詩略論〉(2022年) 談及「鳥詩」的作者時，就曾表示懷疑。本文嘗試重組「鳥詩」自清初以來的流傳情況，從而推論此詩極有可能是偽託之作。

由兩句到四句

「鳥詩」見錄於清初詩話，僅兩句，個別字詞與目下流行者稍異，而且不署作者姓名，亦無題目。宋長白(康熙年間人)《柳亭詩話》卷六「三春鳥」詞條云：

> 彈弋之事古人不廢，然殺機一動，黃口無遺，嘗見無名氏揭二語於村落曰：「勸君休打三春鳥，子在巢中望母歸。」大為贊歎(……)。

個人知見所及，這是暫時能找到與「鳥詩」相關的最近源信息。這兩句詩，後來又見錄於單學傅(乾隆年間人)《海虞詩話》卷十五：

> 楊畫師旭字曉村號樗散道人（……）〈題放生簿〉云：「休誇山翼試南烹，且聽飢雛失母鳴。一一巢中猶待哺，豈知已作席間羹。」此從「勸君莫打三春鳥，子在巢中望母歸」翻進說也。

「休打」已改為「莫打」。詩話既說〈題放生簿〉一詩乃從「勸君」二句「翻進說」，可見這兩句詩在當時已頗流行。及至1844年（道光年間），許光清集證的《陰騭文圖》在「勿登山而網禽鳥」的圖下有「附證」文字：「古詩：勸君莫打三春鳥，子在巢中望母歸。」二句與《海虞詩話》相同，亦無詩題及作者名字；說是「古詩」，相信是不知其出處。

「鳥詩」的四句版本則見錄於余治（嘉慶、同治年間人）彙編的《醒世千家詩》，該書在「戒殺生詞」的分目下，收錄了「鳥詩」的四句版本：

> 誰道群生性命微，哺雛覓食故飛飛。
> 勸君莫打三春鳥，子在巢中望母歸。

這四句詩無論是押韻或聲調安排，都完全符合近體七言絕句的要求：七言仄起押韻式，押「五微」韻（微、飛、歸）。末句下有夾注「能勸其改業正是仁人用心」。詩雖完整，但仍不署作者名字，也沒有詩題。

作者署名

及至1886年（光緒年間），觀如編輯的《蓮修必讀》在「戒殺詩」分目下收錄「鳥詩」的另一版本，且附作者名字：

誰道群生性命微，一般骨肉一般皮。
勸君莫打三春鳥，子在巢中望母歸。

此版本第二句與《醒世千家詩》所錄者不同，且「皮」字轉押了「支」韻。最重要的是開列了作者名字：白香山。後人風傳此詩作者是「香山居士」白居易，有關說法相信就是出自《蓮修必讀》。

1928年，南社名僧弘一駐錫溫州，親自點校整理《醒世千家詩》，並於翌年出版《重編醒世千家詩》。弘一的「重編」雖然保留了余治原編中的「鳥詩」，卻刪去了末句後的夾注，並為此詩新訂作者信息：唐白居易。當年「重編」的編訂工作由弘一主理，而尤惜陰、李圓淨二人亦積極參與。因此，我們不能確定是誰在「重編」上新訂「鳥詩」的作者名字；但可以肯定，「重編」上說「鳥詩」作者是白居易，極有可能是據《蓮修必讀》的說法——箇中關係，還得從《護生畫集》中弘一的題詩說起。

弘一的題詩

1927年秋醞釀寫作計劃、1929年正式成書出版的《護生畫集》（第一集），弘一為〈暗殺〉（其二）所題的正是「鳥詩」：

誰道群生性命微，一般骨肉一般皮。
勸君莫打枝頭鳥，子在巢中望母歸。

題詩下署「唐白居易詩」。細看字句，弘一為〈暗殺〉所題者並非《醒世千家詩》版本，而是微調《蓮修必讀》版本而成的「畫集版本」（把「三春」改為「枝頭」）；這個「畫集版本」，正是日後最流行、最廣為傳誦的版本。

《護生畫集》第一集出版後，讀者迴響極大，畫集廣泛流傳。由於一度允許翻印，畫集的翻印本就有十餘種之多。李圓淨在〈續護生畫跋〉說：「十年以來，《護生畫集》（筆者按：第一集）的刊行有大本、有小本、有英文本，流傳東西，何止數十萬冊。」畫集是弘一與豐子愷合作而成的文藝結晶，名師高弟字畫合璧，深受不同年代讀者的重視，流布極廣；是以畫集中這首「唐白居易詩」，亦得以廣傳。

誰道群生性命微
一般骨肉一般皮
勸君莫打枝頭鳥
子在巢中望母歸
唐白居易詩

1929 年開明書店《護生畫集》第一集
豐子愷〈暗殺（其二）〉及弘一題詩

偽託與改動

我們細看「鳥詩」自清初以來的流傳歷程以及改寫痕跡，「鳥詩」偽託為白居易之作的可能性相當高。

《蓮修必讀》性質上並非宗教經典，而是「勸善」一類的讀物，乃匯編摘鈔與淨土宗教義相關的詩歌偈頌而成。此書內容較為龐雜，真實與偽託的信息夾雜，例如書中有署名「白樂天」為作者的七絕：「世間水陸與虛空，總屬皇天懷抱中。試令設身游釜甑，方知弱骨受驚忡。」此詩不見錄於白氏詩文集，作品的語言風格與白氏寫作風格亦不相類，疑偽託。而此書收錄的一首偈讚卻是白氏之作：「極樂世界清淨土，無諸惡道及眾苦。願如我身老病者，同生無量壽佛所。」此偈節鈔自白居易的〈畫西方幀記〉（第二句「眾」字一作「諸」。《白氏長慶集》第三句原作「願如老身病苦者」）。

「鳥詩」若真是偽託之作，則偽託的動機也不難理解，大概是為了在宣揚護生思想上增強這首詩的權威性、提高說服力。詩以唐為盛，而唐代眾多著名詩人中，能讓人直接聯想到與佛教有關的，不外是「詩佛」王維或「香山居士」白居易。而「鳥詩」措辭平白通俗，較接近白氏「老嫗能解」的寫作風格；把「鳥詩」偽託在白氏名下，說法在「疑非」中也不無「似是」之感。不過，詩題「鳥」到底由誰人代擬？又始見於何書？始見於何時？筆者至今尚未尋得頭緒。

附筆一提：豐子愷在〈護生畫三集自序〉中提及，首兩集《護生畫集》的詩文部分均由弘一負責。弘一在《護生畫集》捨「三春鳥」而取「枝頭鳥」，看來是別有深意的。所謂「勸君莫打三春鳥」，農曆的孟春、仲春、季春總稱「三春」，是鳥兒產卵哺雛的時節，若此時獵殺在林間覓食的雀鳥，巢中待哺的雛鳥就會餓死。互參余治原編《醒世千家詩》「戒殺生詞」大題下原有的夾注：

> 天心好生，物情畏死，故聖人無故不殺。將「無故」二字重讀，則聖人愛物之心，惻然言表。

可見「三春鳥」版本強調的是「無故不殺生」。弘一為《護生畫集》題詩，傳達的是宗教信息，題詩需要符合佛教的護生思想。因此不再強調時節：不止「三春鳥」不可殺，任何「枝頭鳥」都不可殺。信息重點不是「保育」或「不濫殺」，而是「戒殺」，是「護生」。

偽託也有好詩

每當談及這首「鳥詩」，就會同時想起另一首頗為著名的「偽蘇詩」。都說「廬山煙雨浙江潮」一詩是蘇軾給兒子蘇過寫的「絕筆」，題目是〈觀潮〉；但中國蘇軾研究學會副秘書長、海南省蘇學研究會理事長李公羽已在《文化中國》(2021 年第 3 期) 上發表專文，證實「廬山煙雨」一絕並非蘇詩。無獨有偶，「鳥詩」和「廬山煙雨」的偽託過程非常相似：同樣由兩句沒署名的「警句」開始流傳，然後慢慢給補寫成四句詩的基本模式，再給偽署為某位著名詩人的作品，並據詩的內容給補上詩題，繼而杜撰與偽作相關的本事及掌故。這些作品由補寫補題到偽署，是不同時段「集體作偽與訛傳」的成果。

不過話得說回頭，作品雖屬「集體作偽與訛傳」，卻與作品的水平高低並無直接關係。像本文討論的「鳥詩」雖然極可能是偽託之作，但作品字句淺白而寓意深刻，能傳遞正面信息，極富教育意義。詩中的雀鳥經擬人化後，「子待母歸」的移情信息很能激發讀者的「同情心」和「同理心」，令讀者感同身受；無論是「說服」還是「感動」，效果都是很不錯的。

勿以訛傳訛

雖說偽託也有佳作，但在引用一些有明顯疑點或來歷不明的作品時，為免以訛傳訛，應要加倍謹慎；尤其涉及教學材料，交代就更應客觀、小心。翻查好些與古典詩歌教學有關的期刊文章，都說「鳥詩」的作者是白居易，如：1993 年《英語知識》的英譯白居易詩；2003 年《地理教學》的〈古詩欣賞與地理知識學習〉；2004 年《教學與管理》的〈新課程中一堂好課的標準〉；2010 年《教學與管理》的〈〈麋鹿〉第二課時教學設計〉；2014 年《中學政治教學參考》的〈思想品德趣味教學案例三則〉；2018 年《現代教育科學》的〈小學生誦讀國學經典的幾點思考〉。含「偽託」信息的材料一旦通過教育影響學生，日後要糾正改錯就很不容易。正如「The collapse of education is the collapse of the nation」(教育的崩潰足以摧毀一個國家)——此話極有道理，口頭上或書面上轉述，都無妨；但必須嚴正聲明：這句話並不是南非前總統曼德拉說的。

按：

本文發表於《明報》世紀版，2023 年 5 月 17 日，經修訂後輯入本書。原題「白居易到曼德拉效應」，今改為「由白居易到曼德拉」。

〈慶清平〉的譜式、詞牌及用字

> 幾度聲低語軟。道是寒輕夜猶淺。早些歸去早些眠，夢裏和君再見。　丁甯後約毋忘。星眸灔灔生光。但使兩心相照，無燈無月何妨。
>
> ——周鍊霞〈慶清平〉

一、譜式

周鍊霞〈慶清平〉以寒夜燈月無光為主題，名句「但使兩心相照，無燈無月何妨」，意在言外，構思巧妙；作品膾炙人口。盧為峰和鄭逸梅都說此詞乃周氏「自度曲」或「自度腔」；既云「自度」，即是新譜。我們翻查詞譜專書，確不見有〈慶清平〉詞牌，亦不見有譜式與〈慶清平〉完全相同者；說〈慶清平〉是周氏自度自創的新譜，有一定道理。

〈慶清平〉既是周氏自度新譜，其譜式到底如何，實在應該做點整理和記錄；一來為研究者提供方便，二來也可為後來的填詞者在創作上提供標準譜式。參考《欽定詞譜》〈提要〉的說法，「定譜」的具體方法是：

> 今之詞譜，皆取唐宋舊詞，以調名相同者互校，以求其句法字數；取句法字數相同者互校，以求其平仄；其句法字數有異同者，則據而注為又一體；其平仄有異同者，則據而注為可平可仄。

意思是以具體作品為對象，通過比較和歸納，從而訂定段數、句數、字數、聲調以及韻位。本文為〈慶清平〉訂定譜式，即依據《欽定詞譜》的歸納方法。譜式主要根據周氏的六首〈慶清平〉及同時期周瘦鵑、吳湖帆的和作，並參考填詞慣例而訂定。經比較歸納，〈慶清平〉譜式如下。

周鍊霞〈慶清平〉，雙調五十字，前段四句三仄韻，後段四句三平韻。經翻查對比，〈慶清平〉下片譜式與〈清平樂〉的下片譜式完全相同：

譜式	例句
上片第一句 中仄中平中仄（韻）	幾度聲低語軟（周鍊霞） 長憶紅屏白兕（周鍊霞） 任使無燈無月（周鍊霞） 應是鄭虔前世（周瘦鵑）
上片第二句 中仄中平仄平仄（韻） 或 中仄中平平仄仄（韻）	道是寒輕夜猶淺（周鍊霞） 珍重相思嫩如水（周鍊霞） 容易東風吹柳絮（周鍊霞） 雨打柳絲風捲絮（周瘦鵑）
上片第三句* 中平中仄仄平平（句）	早些歸去早些眠（周鍊霞） 天生心比女兒柔（周鍊霞） 且將好句倩傳杯（周鍊霞）
上片第四句* 中仄中平中仄（韻）	夢裏和君再見（周鍊霞） 惆悵煙波萬里（周鍊霞） 更有十分淒切（周鍊霞）
下片第一句 中平中仄平平（韻）	丁甯後約毋忘（周鍊霞） 幾回低首佯佯（周鍊霞）

下片第二句 **中平中仄平平（韻）**	星眸灩灩生光（周鍊霞） 驀驚飛絮飛花（周鍊霞）
下片第三句* **中仄中平中仄（句）**	但使兩心相照（周鍊霞） 詩俊爭如人俊（周鍊霞） 曲徑鳴狵卧守（吳湖帆）
下片第四句 **中平中仄平平（韻）**	無燈無月何妨（周鍊霞） 恣情恣意相憐（周鍊霞）

上表三句有「*」號標示者，需補充説明：

首先，〈慶清平〉上片第三句的譜式到底是「句」還是「叶」？若只據〈慶清平．幾度聲低語軟〉定譜，則此句句末平聲「眠」字與「軟」、「淺」、「見」三個仄聲韻字相叶。《樂府指迷》曾談及「叶」的具體情況是：

> **又如〈西江月〉起頭押平聲韻，第二、第四就平聲切去押仄聲韻，如平聲押「東」字，仄聲須押「董」字、「凍」字韻方可（……）。**

但綜觀周氏六首〈慶清平〉，上片第三句也有不叶的。如：「好是疏燈小閣。慣把閒吟侑清酌。天生心比女兒柔，不怪腰支細約。」第三句句末的「柔」字並不叶。又旁參當時人的一些和作，如吳湖帆在《佞宋詞痕》中標明是「和螺川」的〈慶清平〉，上片是：「罷舞纖腰更軟。差喜行觴玉壺淺。偷閒攜手約同歸，生怕旁人撞見。」第三句句末的「歸」字並不叶。又如半老書生的和作：「隔夜疑雲滯雨。枕上喁喁兒女絮。可憎誰料恁輕狂，此夕焉能再許。」（1945 年 3 月 11 日《海報》）第三句句末的「狂」字也不叶。根據以上論據，上片第三句是「句」而不是「叶」。

其次，〈慶清平〉上片第四句第二字到底是必仄還是兩可？查此處用平聲者僅見周瘦鵑「恰如秋星熠熠」一例。考慮到此種聲調安排既非見於譜式始創人周錬霞的〈慶清平〉，也不符合填詞慣例：六字句「仄仄平平仄仄」，第二、四、六各字的聲調一般固定。周瘦鵑詞句中的平聲「如」字，或恐是仄聲「似」字之誤，故譜式中此句第二字以必仄為是。

第三，〈慶清平〉下片第三句第五字到底是必平還是兩可？查現存周氏六首〈慶清平〉此字都用平聲，但此詞下片既是移用舊譜〈清平樂〉，則應同時參考〈清平樂〉為此字定調：此句第五字可平可仄。事實上，吳湖帆〈慶清平〉和作有「曲徑鳴猧卧守」之句，第五字（卧）正是仄聲。

二、詞牌

〈慶清平〉是周錬霞自度的新曲，則新詞牌當由周氏命名；而為詞牌命名，相信並非隨意。

周氏以舊譜〈清平樂〉的下片為基礎，加上自度的上片，組合成新的譜式；新詞牌用上了「清平」二字，可以讓人直接意會得到這支自度新曲與舊曲〈清平樂〉的關係。至於在詞牌加上「慶」字又是什麼意思呢？這就要參考新腔首作〈慶清平・幾度聲低語軟〉的寫作背景了。周錬霞在 1948 年第 128 期《禮拜六》上發表〈關於「無燈無月」〉，對此詞的寫作背景有詳細的説明：

> 按當時上海正在淪陷時期，夜間燈火管制，家中閒坐，覺此時此地，暴富新貴，觸目皆是，其果能免於曇花一現乎？必須心地光明，則一旦戰事勝利，國土重光，其欣慰為何如！窮與苦復何足道哉！因當時文網森嚴，未許作露骨之辭，爰掇成小詞，鼓勵身心清白之士，堅其信心，其所以能傳誦一時，無非人人所欲言而不敢言者，余以小詞兩語出之，使讀者皆默喻於心耳。

周氏在執筆填詞時懷着滿腔「戰事勝利，國土重光」的希望，新詞牌命名為「慶清平」就極有可能寄託了「預祝國家在戰事取得勝利，再現清平盛世」的深意。當然，作為詞牌名稱的「清平」二字，其含意一直以來都有爭議：《碧雞漫志》引張君房《脞說》，指「清平」是「清調」和「平調」的合稱；楊憲益《零墨新箋》說「當時南詔有清平官司朝廷禮樂等事」，則認為「清平」是官名。但如果說「清平」一語雙關也很合理：「清平」既指自度的新曲包含了半首〈清平樂〉，而同時又兼有「太平盛世」的意思。詞牌命名為「慶清平」，互參宋人李之儀〈和人臘日〉的「年豐物阜慶清平」，又元人劉詵〈送瑞州歐陽公源之京師〉的「龍飛萬國慶清平」；「慶清平」就很合理又順理成章地表示了「慶祝國家太平」的意思。

三、用字

周鍊霞首次填自度的新譜〈慶清平〉，即成名作，廣受不同年代的讀者關注，但作品經傳抄傳誦，部分字詞或與原作有出入。字詞出入的情況，劉聰在《無燈無月兩心知》已有詳細說明，唯詞作中尚有兩字未完全弄清楚，茲分述如下。

首先，到底是「夜猶淺」還是「夜又淺」？查首次發表於 1944 年 5 月 18 日《海報》的〈慶清平〉，上片第二句作「道是寒輕夜猶淺」；董橋在〈無燈無月何妨〉引錄時卻作「夜又淺」。參考〈慶清平〉的譜式，此三字的聲調組合是「仄平仄」或「平仄仄」。「夜猶淺」正是「仄平仄」，符合譜式。如作「夜又淺」則是「仄仄仄」，未符譜式。此句應以「夜猶淺」為是。

其次，到底是「再見」還是「相見」？查首次發表於 1944 年 5 月 18 日《海報》的〈慶清平〉，上片第四句作「夢裏和君再見」，唯後人引用傳抄，「再見」多作「相見」。劉聰認為「相見」一詞「似為作者改後所定」，故《無燈無月兩心知》以「相見」為定稿。參考〈慶清平〉的譜式，此句第五字可平可仄，因此無論是仄聲的「再」還是平聲的「相」，都符合譜式。但考慮到此詞在《海報》上發表時本來就是「再見」，又「相」字與下片「相照」的「相」字無故重複，相信出於傳抄錯誤的可能性較高。斟酌權衡，應以「夢裏和君再見」為是。

按：

1. 本文乃首次發表。
2. 有關〈慶清平〉的作意，詳參朱少璋〈平常心觀燈看月〉：初刊於《香港文學》2022 年 1 月第 445 期，修訂後輯入散文集《拂石記》（香港：匯智出版，2024）。

附錄

周錬霞〈慶清平〉六首

幾度聲低語軟。道是寒輕夜猶淺。早些歸去早些眠，夢裏和君再見。◎◎丁甯後約毋忘。星眸灩灩生光。但使兩心相照，無燈無月何妨。

（1944 年 5 月 18 日《海報》）

好是疏燈小閣。慣把閒吟侑清酌。天生心比女兒柔，不怪腰支細約。◎◎幾回低首佯佯。羞紅難問端詳。詩俊爭如人俊，酒狂何似情狂。

（1944 年 8 月 27 日《海報》）

耐得慵晴困雨。容易東風吹柳絮。且將好句倩傳杯，莫問清愁幾許。◎◎殷勤為惜華年。何妨一醉成仙。不是相思如夢，人間那有春天。

（1945 年 2 月 27 日《海報》）

鎖住春光滿屋。細語留人換新醁。已教天賦與風流，況是溫然似玉。◎◎紅妝慣作翩翩。英姿翻效娟娟。拚取吟魂銷盡，恣情恣意相憐。

（1945 年 3 月 1 日《海報》）

長憶紅屏白兕。珍重相思嫩如水。何當夢好隔天涯，惆悵煙波萬里。◎◎纔看新綠窗紗。驀驚飛絮飛花。耐得春離秋別，人生多少年華。

（1945 年 6 月 4 日《光化日報》）

任使無燈無月。一點仙心亮於雪。十分明潔十分清，更有十分淒切。◎◎望中多少思量。盈盈秋水難忘。合是人間真美，千秋不死光芒。

（1945 年 8 月 30 日《正報》）

周瘦鵑〈慶清平〉三首

壽包天笑先生七十

慣使千人辟易。鑄鼎燃犀董狐筆。虞初三百盡珠璣，恰如秋星熠熠。◎◎夕陽依舊□酣。休驚白髮鬖鬖。報道先生壽也，杏花春雨江南。

（1945 年 3 月 24 日《海報》）

步鍊霞韻

禁得幾番風雨。雨打柳絲風捲絮。金鈴十萬護花枝，要乞東皇慨許。◎◎閒來且樂芳年。無愁便是神仙。好借長條百尺，為君絆住春天。

（1945 年 4 月 26 日《海報》）

題鍊霞近影

應是鄭虔前世。化作嬋娟來繼起。驚才絕艷出吾家，群仰金閨國士。◎◎駐顏疑有奇方。年年長葆容光。恰似靈珠照夜，無燈無月何妨。

（1945 年 6 月 21 日《海報》）

吳湖帆〈慶清平〉

和螺川

罷舞纖腰更軟。差喜行觴玉壺淺。偷閒攜手約同歸，生怕旁人撞見。◎◎相思一刻難忘。今宵眉月初光。曲徑鳴猧臥守，還教種種多妨。

（《佞宋詞痕》）

後記

2014年夜讀龔自珍〈猛憶〉:「狂臚文獻耗中年，亦是今生後起緣。猛憶兒時心力異，一燈紅接混茫前。」五十知命，忽覺「狂臚文獻」的時候到了。為了回應這個突如其來的「感召」，我決定以不少於十年為期，在公餘推卻一切可以推卻的工作或酬酢，集中精力和時間讀書寫作；期間盡量減少個人創作，保留精力優先完成文學材料編訂或研究的出版項目。

坐言起行，說到做到。今天，十年回首，相關的出版成果有（非個人創作）:《小蘭齋雜記》(2016)、《粵謳采輯》(2016)、《海上生明月——侯汝華詩文輯存》(2018)、《香如故——南海十三郎戲曲片羽》(2018)、《艤舟集——周棄子渡海前詩文百篇》(2018)、《陳錦棠演藝平生》(2018)、《井邊重會——唐滌生《白兔會》賞析》(2019)、《沈燕謀日記節鈔及其他》(2020)、《黃絹初裁——劉以鬯早期文學作品事證》(2020)、《顧曲談》(2020)、《薛覺先評傳》(2020)、《璞社談藝錄・初編》(2021)、《粵劇藝壇感舊錄》(2021)、《香港經典文史掌故期刊目錄》(2021，非紙本，電子版)、《星塵影事——小明星其人其事》(2023)、《穆如茶話》(2024)、《巾幗武狀元——祁筱英演藝紀事》(2024)、《拜月傳奇——唐滌生《雙仙拜月亭》賞析》(2024)。至於本書，正是個人「十年計劃」中第十九個出版成果。

評論也好研究也好，似乎沒有秘方或捷徑，基本上能做到紮實、踏實、真實、平實，就好。學養與底功，要紮實：此非用功多讀書不能做到；老生常談，分別只在於做或不做，不贅。評論或研究計劃，宜踏實：量力而為切莫好大喜功，小題目有小題目的價值，做得用心做得好一樣有貢獻；倘一下筆就要縱橫千古捭闔陰陽，駕馭不來往往只是誇誇其談。結論，應盡可能貼近、逼近事實：研究評論不外求真，能令結論靠近「真實」多一點點，又或在某程度上訂正舊說，結論雖未必驚人，已很不錯。表達，則不妨平實：運筆不求花巧曲折，研評文字以論說為主，當中的「說」就是「說明」；那怕用的是多麼前衛又多麼尖新的理論或方法，行文務必以簡明平易的文句清楚交代信息，讓讀者讀得明明白白——不必唬嚇讀者。以上「四實」雖了無新意，但知易行難——皆為個人要努力達成的目標。

2024 年 7 月

東樓

責任編輯：羅國洪
封面設計：洪清淇

事證拾零——香港文學及其他

作　　者：朱少璋

出　　版：匯智出版有限公司
香港九龍尖沙咀赫德道 2A 首邦行 8 樓 803 室
電話：2390 0605　　傳真：2142 3161
網址：http://www.ip.com.hk

發　　行：聯合新零售（香港）有限公司
香港新界荃灣德士古道 220-248 號荃灣工業中心 16 樓
電話：2150 2100　　傳真：2407 3062

印　　刷：陽光印刷製本廠

版　　次：2025 年 3 月初版

國際書號：978-988-70507-3-5

版權所有・翻印必究

香港藝術發展局
Hong Kong Arts Development Council 資助

香港藝術發展局全力支持藝術表達自由，本計劃內容並不反映本局意見。